도깨비 소녀는
오늘부터 영화배우!

도깨비 소녀는
오늘부터 영화배우!

나카무라 고 장편소설·사카키 아야미 그림·김지영 옮김

이지북
EZbook

차례

오니가와라 모모카

빛나는 청춘과 사랑을 꿈꾸는 고등학교 1학년.
도깨비와 인간 사이에서 태어났다.
도깨비라는 사실이 들통나면 사회적으로 매장될 거야!

어린 시절의 모모카

각고의 노력으로 변신!!

진구지 미사키

영화부 선배. 꽃미남 배우 겸 감독.
모모카에게 관심이 있는 듯?

아오쓰키 렌

모모카의 같은 반 친구이자 영화감독 지망생.
옛날에 괴롭혔던 꼬마 도깨비가
모모카라는 사실을 모른다.

소리마치 도키야

영화부의 카메라맨.
틈만 나면 영화 지식을 떠들어 댄다.

우사미 유키

모모카에게 처음으로 생긴 친구.
국수 가게 딸.

마쓰마루 티아라

학교 제일의 미소녀. 렌을 좋아하는 듯?
모모카를 라이벌로 생각한다.

오니가와라 다이테쓰

모모카의 아빠. 요리를 잘하며 울보다.
지압원을 운영한다.

오니가와라 리리카

모모카의 여동생. 자유분방한 스타일의
중학교 1학년. 밴드를 시작했다.

오니가와라 다이가

모모카의 남동생. 일곱 살.
야구 소년.

"있잖아, 그거 알아? 세상에 아직도 도깨비가 있다나 봐."

"그럴 리가. 도깨비는 모모타로*가 퇴치했잖아?"

"그때 살아남은 자손이 있대. 심지어 우리 동네에!"

"정말이야? 도깨비는 진짜 하늘을 날 수 있을까?"

"못 날걸. 하늘을 날 수 있는 건 덴구** 아니야?"

"오이를 좋아하든가?"

"그건 갓파."***

"도깨비는 뿔이 있고, 머리카락이 북실북실하고, 날카

로운 이빨이 있지."

"헉! 무섭겠다."

"하지만 우리 할머니가 도깨비는 무척 착하다고 그랬어. 무서울 정도로 다정하다고."

"무서울 정도로…… 다정하다고?"

* 일본 전래 동화. 한 노부부가 주운 복숭아에서 태어난 모모타로가 개, 원숭이, 꿩과 함께 나쁜 도깨비를 퇴치하러 가는 이야기.
** 일본 전설 속 생물로 붉은 얼굴에 코가 크고 날개가 있다.
*** 일본의 물 요괴.

1. 도깨비 소녀의 화려한 등장

　내게는 비밀이 있다. 절대로, 절대로 그 누구에게도 들키고 싶지 않은 비밀이…….

　특별한 아침. 나는 알람 시계가 삐비빅 하고 울리기 전에 벌떡 일어났다. 그리고 창문을 열어 크게 숨을 들이쉬었다. 찬 공기가 무척 기분 좋지만, 이곳은 누가 봐도 아무것도 없는 깡촌이다. 눈앞에 펼쳐진 것이라고는 산뿐이고, 편의점이나 마트 같은 건 하나도 없다. 하지만 오늘부터 나는 산 아래 시내에 있는 오쿠카와치 고등학교에 다닌다.

오니가와라 모모카, 열일곱 살. 오늘부터 여고생!

삐비비빅.

"으악!"

갑자기 울린 알람 시계 소리에 깜짝 놀란 나는 반사적으로 팔을 휘둘러 버튼을 퍽 눌렀다.

"응? 어어, 큰일 났다."

알람을 끄려다 그만 시계의 숨통을 끊고 말았다. 호피 무늬의 알람 시계가 달고나처럼 납작하게 찌부러졌다.

"으아! 아끼던 건데."

이럴 때면 내 괴력이 원망스럽다. 잠깐 침울해질 뻔했지만 이러면 안 되지, 하고 고개를 흔들었다. 알람 시계가 울렸으니 이제 학교 갈 준비를 해야 한다.

왜냐하면 오늘은 고등학교에 가는 첫날이니까!

새집 같은 머리를 정돈하고! 색깔 있는 립크림을 바르고!

기합을 넣어 주먹을 한 번 꾹 쥐고, 옷을 갈아입으려고 옷장을 열었다. 그런데…… 이럴 수가! 내 옷장 속 속옷 틈에 엄청나게 큰 사이즈의 호피 무늬 팬티가 섞여 있었다.

"자, 잠깐! 이게 어떻게 된 거야, 아빠!"

나는 쏜살같이 거실로 내려가 분홍색 앞치마 차림의 아빠를 노려보았다.

"이 속옷 아빠 거잖아!"

아빠는 내가 집어 던진 호피 무늬 팬티를 휙 피하더니 달걀말이를 능숙하게 돌돌 말았다.

"아, 실수했나 봐. 그보다 그 팬티 말이야. 좋은 옷감이 있기에 아빠가 직접 만들어 본 거야. 모모카, 네 것도 만들어 줄까?"

"필요 없거든! 절대 필요 없으니까, 빨리 내 눈앞에서 치워!"

오늘은 중요한 날인데, 아침부터 꼴 보기 싫은 걸 목격하다니! 나는 뾰로통한 얼굴로 식탁 앞에 앉았다.

"뭐야, 정말……. 앗, 아빠. 또 뿔이 튀어나왔잖아!"

"이런, 그러네. 깜박했어, 깜박."

아빠는 마치 곰처럼 **후,** 하고 커다랗게 숨을 쉬면서 눈을 감았다. 이윽고 머리 위에 튀어나온 두 개의 뿔이 스르륵 들어갔다. 아빠는 좋아하는 야구팀이 경기에 졌을 때를 떠올리면 뿔이 들어간다고 한다.

"모모카, 오늘은 몇 개 먹을래?"

오니가와라 집안의 아침밥은 늘 베이컨과 달걀이 들어간 사각김밥으로 정해져 있어서, 오늘도 밥상 위에는 사각김밥이 쭉 늘어서 있다.

"한 개."

"뭐?"

아빠가 놀란 표정으로 돌아보았다.

"오늘부터 고등학생이니까 틀림없이 일곱 개는 먹을 줄 알았는데."

"빈속인데 그렇게 많이 먹을 리 없잖아!"

"잘 잤어? 아침부터 왜 이렇게 시끄러워?"

여동생 리리카가 얼굴을 내밀었다. 리리카는 내 바통을 넘겨받듯 올해부터 중학생이 된다.

"아니, 모모카가 사각김밥을 한 개만 먹는다고 하잖아."

"뭐? 언니 항상 다섯 개씩 먹었잖아."

"오늘 아침은 바쁘니까 됐다고!"

"좋은 아침! 나는 세 개."

리리카 뒤에서 일곱 살 다이가가 얼굴을 내밀었다. 오니가와라 가족 모두 거실에 모였다. 고양이 도라고로도 부엌에서 야옹하고 울었다.

우리 집은 오사카부 가와치나가노시 가미가오카에서 몇 대째 이어져 내려온 **도깨비 집안**이다. 옛날에는 도깨비 가문이 훨씬 더 많았다는데, 현재 주변에 남은 도깨비 가문은 우리 집뿐이다.

나는 '오니가와라'라는 칙칙한 성씨가 무척 싫지만 "우리는 예전에 모모타로와 싸운 적도 있는 유서 깊은 도깨비 가문이란다"라고 아빠는 말한다.

나는 내가 도깨비라는 사실을 절대 들키고 싶지 않아서, 집 안에 있을 때도 뿔을 숨긴다. 고등학교에서도 절대 들키고 싶지 않다. 만약 들키면 내 청춘은 끝장일 것이다.

도깨비라는 사실을 들키는 건 곧 사회적 매장이다. 그런데 아빠는 가끔 집 밖에서도 뿔을 내놓고 다녀서, 요즘에는 되도록 같이 다니지 않으려고 한다.

"그럼 다들 모였으니 엄마 쪽 보고. 잘 먹겠습니다!"

"잘 먹겠습니다!"

작은 불단의 영정 사진을 향해 인사하고 나서 밥을 먹는 것이 우리 집의 습관이다. 사진 속의 엄마는 항상 매끄러운 생머리 모습으로 웃음 짓고 있다.

"잘 먹었습니다!"

"언니, 진짜 빨라!"

놀라는 리리카에게는 눈길도 주지 않은 채, 나는 사각 김밥을 우물거리며 2층 방으로 달려 올라갔다. 잽싸게 새로 산 교복으로 갈아입은 다음, 가방을 챙겨 들고 세면대로 향했다.

음…… 어울리나?

새 교복이 아직 익숙하지 않아서 조금 쑥스러웠다. 하지만 그럭저럭 어울리는 것 같기도 했다. 그야말로 도깨비 같은 이 폭탄 머리만 아니면. 길게 한숨을 쉬고, 다시 한번 기합을 넣었다.

괜찮아, 내게는 비장의 무기 있으니까! 헤어 디자이너용 고데기! 입학 선물로 사 달라고 했지!

나는 아빠를 닮아서 머리 위에 새가 둥지를 틀어도 될 정도로 심한 곱슬머리다. 하지만 고등학생이 되면 쭉 펴고 다니기로 결심했다. "첫날, 첫날이 중요해" 하고 중얼거리면서 정성스럽게 머리카락을 폈다. 고데기로 머리를 펴자 꼬불거리던 머리카락이 4년 전 돌아가신 엄마 머리처럼 스르륵 펴졌다.

"언니, 엄청 기합 들어갔네. 입학 첫날이라고 신경 쓰는 거야?"

"그럼 안 돼?"

고데기를 내려놓고 다시 한번 색이 들어간 립크림을 입술에 발랐다.

오늘 난, 고등학교 첫날을 화려하게 장식할 거야!

"리리카도 중학교 개학이잖아? 그렇게 느긋하게 있어도 돼?"

"중학교는 집에서 가까우니까. 하지만 언니네 고등학교는 멀지 않아? 벌써 여덟시인데?"

"뭐? 큰일 났다, 지각하겠어!"

당황한 나는 황급히 고데기를 정리하고 가방과 도시락을 챙겨 현관으로 달려갔다.

"언니, 뿔 튀어나왔는데."

"진짜? 으악, 모르겠다. 일단 나가야 해!"

늘 조심하는데도 당황하거나 흥분하면 나도 모르게 뿔이 튀어나와 버린다.

하지만 지금은 그걸 신경 쓸 때가 아니야!

거실에서 아빠와 다이가의 목소리가 들려왔다.

"조심해서 다녀와."

"다녀와."

"다녀오겠습니다!"

현관을 뛰쳐나온 나는 허둥지둥 자전거에 올라탔다.

"도깨비 속도로 가 보자고!"

나는 힘차게 자전거 페달을 밟았다. 바람처럼 내달리
자 금세 오니스미 다리가 보였다.

산 중턱인 이 일대는 옛날에 오니스미 마을로 불렸다

고 한다. 하지만 지금 '오니스미'라는 이름이 남은 것은 이 다리뿐이다. 오니스미 다리를 건너고 산을 넘어서, 나는 고등학교로 향했다.

눈앞에 꽤 가파른 오르막길이 펼쳐졌다. 하지만 뿔이 튀어나왔을 때의 나는 도깨비 파워 풀가동 상태라서 단숨에 오를 수 있다. 아무도 마주칠 일 없는 산길에서, 나는 크게 소리쳤다.

"오늘부터 고등학생이다! 여고생이 이런 산골짜기에 처박혀 있는 게 말이 되냐고! 두고 봐! 앞으로 친구도 잔뜩 만들고 하고 싶은 일도 찾고, 그리고 그리고⋯⋯ **연애도 할 거야!**"

울창한 나무 틈새로 내 목소리가 메아리쳤다.

꺅, 연애라니!

내 입으로 말하고도 쑥스러워 나는 페달을 있는 힘껏 밟았다.

"오늘부터 꼭, 청춘을 즐길 거라고!"

지금까지 산 위에 있는 작은 중학교를 다녔지만, 오늘부터는 시내에 있는 고등학교에 다닌다. 이 산 너머에는 반짝거리고 두근거리는 청춘이 기다리고 있어!

"하지만 연애든 청춘이든…… 일단 들키지 않는 게 중요하겠지."

고등학교에는 내가 도깨비라는 사실을 아는 사람이 없다. 예전처럼 도깨비라는 사실을 들켜서는 안 된다. 두 번다시는! 그 시절이 떠올라서, 나는 자전거 핸들을 꽉 쥐었다. 그 생각만 하면 화가 난다. 자전거 페달을 밟는 속도가점점 더 빨라졌다.

2. 두근두근 벚나무 아래에서

초등학교 3학년 무렵의 일이었다. 아빠는 산에서 지압원을 운영하는데, 일주일에 한두 번은 시내로 출장을 나갔다. 나도 종종 아빠를 따라 시내에 내려갔다. 어느 날, 공원에서 아빠의 일이 끝나기를 기다리고 있는데, 내 또래 아이들이 줄넘기를 하며 놀고 있는 모습이 보였다.

우체부 아저씨, 들어오세요♪ 한 장, 두 장, 세 장, 네 장.

긴 줄을 빙글빙글 돌리면 그 안으로 한 명씩 차례차례 들어간다. 내가 다니던 산속의 초등학교는 전교생이 열

명 정도였고, 우리 학년은 나 혼자였다. 그래서 또래 아이들이 무리 지어 노는 모습이 눈부셨다.

부러운 눈으로 보고 있는데, 한 남자아이가 내 쪽으로 다가왔다.

"산에서 왔어? 이리 와, 너도 같이 놀자."

퉁명스러운 목소리로 말을 건 아이는 눈꼬리가 여우처럼 치켜 올라가서 사나운 눈매를 가지고 있었다.

"앗, 저기…… 나, 해 본 적이 없어."

"괜찮으니까 하자. 이리 와."

"응!"

친구가 생겼다! 나는 신바람이 나서 줄넘기 놀이에 끼어들었다.

우체부 아저씨, 들어오세요♪ 우체부 아저씨, 들어오세요♪

"미, 미안!"

하지만 줄 안으로 들어가려고 애써도 자꾸만 줄에 걸리고 말았다. 친구들과 움직임을 맞추려고 하는데도 도저히 박자가 맞지 않았다. 당황하니까 더 엉망이 되었다.

차츰 친구들이 짜증스러운 기색을 보였다. 어디선가 "쳇" 하고 혀를 차는 소리가 들렸고, 누군가는 깊은 한숨을 쉬었다.

키메라였는지 코알라였는지, 아무튼 특이한 이름의 여자아이가 지겹다는 듯이 말했다.

"이제 됐잖아, 우리끼리 놀자. 쟤는 어차피 산으로 돌아갈 거잖아."

난 속이 상해서 입술을 깨물었다.

내가 다른 아이들과 다르니까. 산에서 왔으니까, 도깨비 아이니까 못 뛰는 거야.

고개를 들지 못하고 푹 수그리자 당장이라도 눈물이 터질 것만 같았다. 그때 누군가가 나직하게 중얼거렸다.

"다른 아이들보다 움직임이 빨라서 그래. 더 천천히 하면 돼."

나를 초대해 준 여우 눈 남자아이였다.

"다시 한번 해 봐."

"응!"

기쁜 마음에 고개를 들었는데, 순간 모두의 표정이 굳어졌다. 여우 눈 남자아이가 내 머리를 가리켰다.

"도깨비다!"

당황해서 머리를 만져 보니 곱슬곱슬한 머리칼 사이로 작은 뿔 두 개가 뾰족하게 튀어나와 있었다.

"아, 아니야. 도깨비 아니야!"

"아니라고? 그거 누가 봐도 뿔인데."

그 뒤의 일은 떠올리고 싶지도 않다. 다들 날 비웃고 기분 나빠 하고 도깨비라고 놀려서, 나는 도망치듯 그 자리를 떠났다. 처음에는 친절한 줄 알았던 여우 눈 남자아이 역시, 그 뒤로 시내에서 나를 발견할 때마다 억지로 머리를 만지거나 뿔이 나오게 해 보라고 놀려 댔다.

어느 날 그 아이가 나를 곤고지 절로 불러냈지만, 나는 당연히 가지 않았다. 놀림당할 게 뻔한데 뭐 하러 간단 말인가?

나는 완전히 사람이 싫어졌고, 시내에도 가지 않게 되었다. 그렇지만 최근에는 패션에 관심이 생겨서 시내에 쇼핑하러 가는 일이 늘어났다. 남들처럼 예쁘게 꾸미고 청춘을 즐기고 싶은데, 초등학교와 중학교 시절에 시내에 가지 않았던 탓인지 패션에 눈을 늦게 떴다.

이 모든 게 다 그 녀석 때문이다!

나는 자전거 페달을 밟으며 중얼거렸다.
"그 매너 없는 여우 눈 녀석 때문이야! 멍텅구리 여우 눈, 멍청이 여우 눈!"

분노에 가득 차서 페달을 밟다 보니 어느새 자전거는 초록으로 물든 산을 벗어나고 있었다. 정신을 차리니 눈앞에는 내 분노를 휙 날려 버릴 아름다운 풍경이 펼쳐졌다.

"굉장해. 그림 같아!"

벚꽃. 야트막한 언덕에서 쭉 뻗어 나간 길에 벚꽃이 끝없이 피어 있었다.

"엄청 예쁘다."

분홍색 구름처럼 펼쳐진 벚꽃이 방금까지 화로 가득했던 내 마음을 부드럽게 어루만져 주었다. 만개한 벚꽃은 마치 내 고등학교 생활의 시작을 축복해 주는 것만 같았다. 좌우 양쪽에서 가지를 뻗은 벚꽃 아치에 감싸인 느낌이 들어, 나는 신나게 길을 달렸다.

"빠르다! 저 누나 장난 아냐."

"도깨비처럼 빠른데!"

"혹시 진짜 도깨비 아냐?"

스쳐 지나간 초등학생들의 대화가 들려왔다. 뿔이 튀어나왔을 때의 내 청력은 보통 사람보다 세 배 정도 좋기 때문이다.

"으악! 깜빡했네!"

내 정신 좀 봐, 뿔을 내놓고 있었어! 정신을 차려 보니 이미 시내였고, 조금만 더 가면 고등학교에 도착한다.

"도깨비 같은 거 아냐! 평범한 여고생이라고!"

황급히 뿔을 숨기려고 했지만 잘되지 않았다.

"안 되겠어. 아빠의 호피 무늬 팬티를 생각하자. 아빠의 호피 무늬 팬티, 아빠의 호피 무늬 팬티, 아빠의 호피 무늬 팬티…… 으음, 안 되네. 그럼 다른 거. 아빠의 꽃무늬 팬티, 아빠의 꽃무늬 팬티, 아빠의 꽃무늬 팬티."

눈을 가늘게 뜨고 아빠가 꽃무늬 팬티를 입은 모습을 상상하자, 두 개의 뿔이 스르륵 들어갔다.

"이제 됐다……. 앗, **까아아아!**"

눈앞에 커다란 벚나무가 있었다. 힘껏 브레이크를 잡고 핸들을 돌렸지만 이미 늦었다. 벚나무에 정면으로 쾅 부딪친 나는 그대로 십 초 정도 정신을 잃고 말았다.

하늘하늘 떨어지는 벚꽃 잎…….

눈을 뜨자, 누군가가 내 눈을 들여다보고 있었다.

"저기, 괜찮아?"

흐릿하던 눈앞이 차츰 선명해졌다.

"지금 너, 나무에 충돌한 것처럼 보였는데."

"아."

잔잔한 호수에서 백조가 날아오르는 모습이 머릿속에 떠올랐다. '그림같이 생긴 남자'라는 말은 이런 사람한테 쓰는 걸까. 지금 내 눈앞에 엄청나게 예쁜 얼굴을 가진 남자가 있었다. 지금껏 한 번도 본 적 없는 꽃미남이었다.

"다치진 않았어? 어디 아픈 데는?"

"괜, 괜찮아요."

속눈썹이 길고, 피부는 희고, 맑은 목소리를 가진 꽃미남 왕자님……. 같은 고등학교 교복을 입고 있는데, 넥타이 색깔이 다른 것을 보니 선배인 모양이었다.

"이상하네. 잘못 봤나? 그렇게 세게 부딪쳐서 안 다쳤을 리가 없는데."

"그냥 사, 살짝 넘어진 거예요."

"살짝?"

선배는 이상하다는 듯 고개를 갸웃하더니 이윽고 싱긋 웃었다.

"그래. 아무튼 무사하다니 다행이야."

상큼하고 매력적인 미소였다. 찌릿한 전율이 온몸을 타고 뜨겁게 퍼졌다.

다정해……. 지금까지 봐 왔던 심술궂고 멍청한 남자애들과 달리, 이 사람은 어쩜 이렇게 다정할까.

"고맙습니다. 저기, 정말 괜찮아요."

실제로 이 정도의 충돌로는 끄떡없고 아프지도 않다. 왜냐하면 나는 도깨비니까!

"어, 팔에서 피 나는 것 같은데?"

"아, 별거 아니에요."

얼른 몸을 돌려 팔을 살펴보니, 오른쪽 팔꿈치에 난 상처에서 피가 배어나오고 있었다. 나는 도깨비 파워를 그 상처에 집중했다. 상처가 사라지는 것을 확인한 나는 다시 선배를 돌아봤다.

"그냥 뭐가 묻었나 봐요. 피가 아니라요."

"정말?"

눈썹을 살짝 찌푸리며 걱정스럽다는 표정을 짓는 선배에게 활기찬 모습을 보이려고 나는 벌떡 일어섰다. 하지만 허둥댄 탓에 발이 미끄러지고 말았다.

"으갸악."

분명 넘어져야 할 몸이 둥실 떠올랐다.

어, 어어! 선배가 나를 안아 들고 있었다. 그리고 가, 가까워……. 선배의 얼굴이…… 가, 가까이에…… 너무 가깝다고!

"위험하잖아, 조심해야지."

기어들어 가는 목소리로 대답했다.

"네…….."

나는 그만 긴장한 나머지 옴짝달싹할 수가 없었다. 그리고 이건……. **위험해. 이대로는 위험해! 뿔이 튀어나올 거야. 이런 멋진 선배 앞에서 뿔을 보이다니 말도 안 돼!** 진정해, 진정, 진정하자, 하고 나는 마음속으로 되뇌었다.

"아빠의…… 꽃무늬 팬티, 꽃무늬 팬……."

"뭐? 아빠 팬티? 꽃무늬?"

"으아! 아무것도 아니에요!"

선배는 살며시 나를 내려 주었다. 그리고 상큼하게 웃음 지었다.

"응, 다행이야. 괜찮은 것 같네. 이름이 뭐야?"

나는 새빨개진 얼굴로 대답했다.

"오니가와라…… 모모카예요."

"오니가와라 모모카. 흠, 귀여운 이름이네. 나는 **진구지 미사키.**"

귀, 귀엽다니. 그런 말은 처음 들어! 하지만 미사키 선배……. 선배 이름이 훨씬 더 귀여워요.

"모모카는 신입생이지? 앞으로 잘 부탁해."

"네."

미사키 선배의 다정한 미소에 기절할 것 같은 기분으로 고개를 끄덕였다. 선배는 그거, 하고 말하며 내 머리 위를 가리켰다.

"너한테 정말 잘 어울려."

헉, 설마 뿔이 튀어나온 건가! 당황해서 머리를 더듬었지만 뿔은 없었다. 한시름 놓고 있는데, 선배의 손이 내 이마를 살짝 만졌다.

"자, 이거."

선배의 손바닥 위에는 벚꽃 잎이 놓여 있었다.

"모모카에게 정말 잘 어울렸어."

두근두근, 가슴이 요동쳤다. 미사키 선배가 내 머리에 붙은 벚꽃 잎을 보고, 잘 어울린다고 말해 줬다.

"그럼 모모카, 나중에 학교에서 또 봐."

꽃미남 왕자님이 고개를 까딱이며 윙크했다. 그 순간 **사랄라** 하는 소리가 들린 것만 같았다. 나는 멍하니 선 채 멀어지는 선배의 뒷모습을 바라보았다.

3. 첫날은 엉망진창

"그럼 고등학교 첫 조례를 시작하겠습니다."

교실에 선생님이 들어오고 조례가 시작됐지만 나는 아직 멍한 상태였다. 벚나무 아래에서 미사키 선배를 만난 뒤로 계속 둥실둥실 떠 있는 기분이었다.

"안녕하세요. 여러분의 담임인 기지모토 준코입니다. 1년 동안 잘 부탁해요."

선배는 다정하고 상큼하고 반짝반짝 빛이 쏟아졌지. 역시 그 정도로 잘생긴 왕자님이 윙크하면 샤랄라 소리가 나는구나.

"그럼 여러분도 자기소개를 해 볼까요. 출석부 번호 순서대로, 이쪽 자리부터 시작하세요."

출석 번호 1번인 남자아이가 자리에서 일어나 자기소개를 시작했다.

"네, 저는 아오쓰키 렌입니다. 이 동네에서 태어났고 열 살 때 도쿄로 전학 갔다가 올해 다시 돌아왔습니다. 좋아하는 것은 영화입니다. 영화를 좋아합니다."

건성으로 듣던 중 영화를 좋아합니다, 의 '좋아한다'라는 말에 심장이 움찔거리며 반응했다. 좋아한다……. 좋아한다. 나는 미사키 선배를…… 좋아하는 걸까. 좋아하게 된 걸까. 잘생겼고 똑똑하고 다정하고 속눈썹도 길고, 흰 피부에 아름다운 목소리……. 내 이름이 귀엽다고 했어! 벚꽃 잎이 잘 어울린다고 했어!

'꺄아아아악!' 하고 소리치고 싶은 기분을 억누르고 푹 엎드려서 책상을 퍽퍽 쳤다. 생각만 해도 가슴이 두근두근 요동친다. 반짝반짝 빔의 파괴력은 무시무시했다.

첫눈에 반한 걸까……. 이건 역시, 사랑에 빠진 걸까. 첫눈에 반해서 사랑에 빠지다니, 그런 일이 정말로 일어난 걸까.

고등학교 입학 첫날, 벚나무 아래에서 사랑이 시작되

다니. 이 얼마나 로맨틱한가. 넘어진 나를 안아 든 선배의 손 감촉이 아직도 등에 남아 있다.

위험해. 또 두근거리기 시작했어.

"우사미 유키입니다. 음악을 좋아합니다. 빨리 여러분과 친해지고 싶습니다."

반 친구들의 자기소개가 이어지는 가운데, 나는 혼자서 다른 세계 속에 빠진 채 달콤하게 녹아내리고 있었다.

"다음. 자, 다음. 뭐 하니?"

"히야옹!"

뒷자리에 앉은 아이가 내 등을 쿡쿡 찔러, 나는 이상한 소리를 내고 말았다.

"히야옹은 무슨 히야옹. 어서 자기소개 해라."

기지모토 선생님의 말에 온 교실이 웃음바다가 되었다. 당황해서 의자를 덜컹거리며 일어선 나는 오니가와라의 '오니(도깨비라는 뜻)'라는 부분만 최대한 작게 말하면서 자기소개를 했다.

"아, 저기, 저는 오니가와라 모모카입니다."

"뭐라고? 잘 안 들리는데, 응? 무슨 가와라라고 했니?"

선생님 말에 나는 얼굴을 새빨갛게 물들이며 "오니가

와라입니다"라고 대답했다.

오니가와라? 쟤, 도깨비야? 아직도 도깨비가 있다고?

반 친구들이 소곤대는 소리가 들렸다.

선생님이 교탁을 탕탕 두드리며 말했다.

"자, 조용! 성이 오니가와라라고 해서 도깨비일 리가 없잖아. 뿔도 없는데."

"네. 잘 부탁드립니다."

개미만 한 목소리로 말하고 나는 자리에 앉았다. 잠잠해진 교실에서 모두의 눈이 나를 뚫어져라 바라보는 기분이 들었다. 도깨비라고 의심받게 된 걸까. 밝게 자기소개를 하려고 했는데, 완전히 실패했다. 첫날이 중요하다고, 아침부터 그렇게 기합을 넣었는데…….

나는 고개를 푹 떨군 채, 이어지는 반 친구들의 자기소개를 들었다. 나 말고는 다들 큰 박수를 받는 듯했다. 개중에서도 한 여자아이 차례가 되었을 때는, 교실이 웅성거리고 여기저기에서 하아, 하는 감탄이 새어 나왔다.

"마쓰마루 티아라입니다."

당당하게 일어선 그녀는 누가 봐도 학교 제일의 미소녀였다. 예쁘다든가 귀엽다는 목소리에 뒤섞여 "이름이 티아라야!" 하며 놀라는 목소리도 있었다.

"제 이름이 좀 독특한데요, 이름이 어색하다면 성으로 불러도 괜찮습니다. 여러분과 앞으로 사이좋게 지내고 싶습니다. 잘 부탁해요."

자신감 넘치는 태도와 유창한 말솜씨였다. 그 누구도 티아라라는 이름을 비웃거나 놀리지 않았다. 티아라라는 이름에 걸맞게 반짝반짝 빛나는 여자아이라고 다들 생각

하고 있다.

그에 비해 나는 오니가와라 모모카라니……. 아침에는 귀엽다는 말을 들었지만, 그건 분명 선배가 착하니까 그렇게 말해 준 것뿐이다. 나는 사실 다른 사람들과는 다르니까……. 도깨비인 내가 앞으로 고등학교 생활을 잘 헤쳐 나갈 수 있을까.

아침에 사각김밥을 한 개만 먹었더니 배가 너무 고팠다. 샤프를 꽉 쥐고 배고픔을 참으며, 나는 점심시간만을 기다렸다.

"그럼 오전 수업 마치겠습니다."

종이 울리고 드디어 점심시간이 되었다. 이제 도시락을 먹을 수 있다는 생각에 안도의 한숨을 쉬는데, 앞자리 여자아이가 휙 뒤를 돌아보더니 내 손을 보며 말했다.

"저기, 샤프 부러졌어."

"어?"

내 손을 내려다보고 깜짝 놀랐다. 힘껏 쥐고 있던 샤프가 반으로 부러져 있었다.

"오니가와라는 힘이 세구나."

"앗, 아냐! 그게 아니라 그 뭐냐, 지렛대의 원리를 시험하고 있었달까, 샤프로 점을 치고 있었달까."

내가 말도 안 되는 변명을 늘어놓자, 여자아이는 아하하, 하고 시원하게 웃었다.

"자기소개 할 때도 그랬지만, 오니가와라는 재미있네! 같이 도시락 먹어도 돼?"

"물론이지! 같이 먹자."

기뻤다. 내게 말을 걸어 주다니, 얼마나 착한 아이인지. 혹시 이건, 첫 친구?

유키가 의자를 돌려서 나와 마주 보고 앉았다.

"나는 우사미 유키. 유키라고 불러."

"응, 유키. 앞으로 잘 부탁해."

우리는 도시락을 꺼내어 동시에 잘 먹겠습니다, 하고 말했다.

"어머! 오니가와라의 점심은 사각김밥이구나! 안에 햄버그스테이크가 들었네. 좋겠다."

유키의 도시락 상자에는 경단이 빼곡히 들어 있었다.

"유키는 경단이구나……. 어라, 왜 경단을?"

"우리 집은 국수 가게인데, 경단도 팔거든. 그래서 도시락이 경단이야."

"그럼 항상 경단만 먹는 거야?"

"아하하! 그럴 리가 없잖아. 원숭이나 꿩도 아니고(전래 동화에서 모모타로는 개, 원숭이, 꿩에게 수수경단을 주며 동료로 삼았음)."

그건 모모타로가 우리를 퇴치했을 때의 이야기잖아.

"혹시, 오니가와라는 정말로 도깨비야?"

"아, 아니야!"

나는 무심코 큰 소리를 내고 말았다.

"아니야?"

"진짜로 도깨비 아니야. 도깨비 아니고 평범한 학생이라고."

"하지만 도시락 상자가 호피 무늬인걸. 부러진 샤프랑 손수건도 호피 무늬고. 도깨비는 호피 무늬를 좋아하지 않아?"

"이건 그냥 어쩌다 아빠가 우연히 사 준 것뿐이야!"

나도 모르게 도깨비라는 힌트를 주렁주렁 달고 다녔다

니! 우리 집에는 호피 무늬 물건이 넘쳐 나니까 아무 생각이 없었어!

등줄기에 식은땀이 흘렀다. 하지만 유키는 내가 당황한 걸 눈치채지 못했는지 "흠, 도깨비가 아니구나"라며 아쉽다는 듯이 말했다.

"저기, 앞으로 오니가와라를 '오니'라고 불러도 돼?"

나는 또다시 부르짖듯 말했다.

"싫어! 모모카라고 불러!"

"그래? 오니, 귀여운데……."

유키는 불만스러워 보였지만 금세 다른 이야기로 말을 이었다.

"모모카, 그거 알아? 올해 도깨비 신입생이 들어온다는 소문이 있었거든. 도깨비는 방망이를 들고 학교에 온대, 방망이."

"엑?"

"그런데 도깨비는 개랑 원숭이랑 꿩을 무서워하니까 이런 걸 가지고 있으면 괜찮대."

유키가 가방에 달린 개 모양 열쇠고리를 자랑스럽게 보여 주었다.

"도깨비는 학교 건물을 움직일 수 있을 정도로 힘이 세다더라. 모모카도 조심해."

"아니, 그렇지만…… 도깨비 같은 건 세상에 없잖아."

"그럴지도 모르지. 아, 나는 매점에서 마실 것 좀 사 올게. 모모카도 사다 줄까?"

고개를 젓자 유키는 "금방 갔다 올게"라는 말을 남기고 교실을 빠져나갔다.

나는 후우 한숨을 쉬며 작게 중얼거렸다.

"이럴 수가."

그런 소문이 퍼졌다니……. 어디서 들킨 거지. 하지만 아무리 도깨비라고 해도 학교에 방망이를 가지고 올 리 없고, 건물을 움직일 수 있을 정도로 힘이 세지도 않다. 그리고 확실히 개나 원숭이는 좀 싫어하지만, 열쇠고리가 무서울 리가 있나.

문득 고개를 들자, 눈매가 사나운 남자아이와 눈이 마주쳤다. 저 아이는…… 출석 번호 1번으로 가장 먼저 자기소개를 했던 아이라서 어렴풋이 기억이 났다.

출석 번호 1번. 그러니까, 성이 '아'로 시작하는데. 분명히…… 아오, 아오쓰키 렌이다. 아마 영화를 좋아한다고 했던 것 같은데. 아오쓰키 렌은 마치 노려보듯 나를 바라보고 있었다. '설마 내가 귀여워서 그런가' 따위의 생각을 하고 있자니, 그 아이가 나를 향해 성큼성큼 걸어왔다.

그리고 갑자기 엄청난 소리를 했다.

"저기, 오니가와라는 도깨비야?"

"어어?"

아오쓰키 렌은 깜짝 놀라는 나를 빤히 바라보았다.

"가, 갑자기 무, 무슨 소리를 하는 거야? 그럴 리가 없잖아!"

"도깨비가 아니라고?"

내 쪽으로 얼굴을 들이댄 렌이 슬쩍 오른손을 들었다. 얻어맞을 거라고 생각한 나는 반사적으로 눈을 감고 얼굴을 돌렸다. 그리고 팔을 올려서 머리를 감싸려고 했다. 그런데…… 응? 으응? 어라?

이게 어떻게 된 거야?

4. 넌 그때의!

예상과 달리 얻어맞지는 않았다. 하지만 머리에 닿는 감촉이 이상했다.

조심스럽게 눈을 뜨자, 아오쓰키 렌이 아무렇지 않게 내 머리를 붙잡고 있었다. 아니, 붙잡고 있다기보다 쓰다듬는다고 할까, 머리카락을 헤집고 있었다.

"뭐 하는 거야!"

나는 렌의 손을 뿌리쳤다.

정말이지 뭐야, 이 녀석은! 갑자기 남의 머리를 헤집어 놓다니, 대체 무슨……

렌은 쳇, 하고 혀를 차더니 툭 내뱉었다.

"뭐야, 아니었나."

"잠깐! 갑자기 남의 머리를 만지고 혀를 차다니, 무슨 뜻이야?"

"도깨비가 아니구나."

도깨비라는 말에 나는 또 뜨끔했다.

이 녀석, 뭔가 눈치챘나?

"도깨비일 리가 없잖아!"

"아아. 뭐, 그런가……. 그렇겠지."

렌은 실망한 듯한 모습이었다. 아무래도 내가 도깨비

라는 걸 들키지는 않은 모양이었다. 안심한 순간, 화가 부글부글 치밀어 올랐다.

이 녀석. 어쩌면 이렇게 무례할 수 있지? 무례한 놈! 이 무례한 자식!

"너, 뭐야? 도깨비 사냥이라도 하니? 그렇게 도깨비가 싫어?"

무례한 놈은 시무룩하게 고개를 저었다.

"아니. 거짓말이라고 생각하겠지만, 옛날에 내가 이 마을에 살았을 때 도깨비를 만난 적이 있어서……."

옛날에 이 마을에서?

그 말이 내 마음속에서 메아리쳤다.

"그런 건 알 바 아니고. 그거 진짜 도깨비 맞아? 도깨비가 그렇게 흔할 리가 없잖아!"

당황한 모습을 들키지 않도록 일부러 큰 목소리를 냈다. 실제로 이 일대에 도깨비라고는 우리 가족밖에 없을 테니까.

"그렇겠지……. 도깨비가 학교에 있을 리가 없겠지."

돌아온 유키가 나와 렌의 얼굴을 번갈아 바라보았다.

"모모카, 무슨 일이야? 그리고 으음, 아오쓰키."

렌이 나를 향해 말했다.

"미안. 애초에 이런 성냥개비 같은 머리를 한 녀석이 도깨비일 리가 없는데."

"성냥개비?"

"머리카락이 쭉쭉 뻗었잖아. 아무튼 이걸로 사과한 거다? 앞으로는 너한테 신경 안 쓸게. 그러니까 너도 나한테 신경 꺼. 그럼 이만."

"뭐어어?"

큰 소리로 따지려 했지만 렌은 이미 등을 돌린 채 성큼성큼 걸어가고 있었다. 그 등짝에 도깨비 태클을 걸어서 도깨비 펀치를 먹이고 싶었지만 꾹 눌러 참았다.

"잠깐 눈을 뗀 사이에 이런 일이 생기다니. 모모카는 역시 재미있어."

유키가 히죽 웃으며 내 어깨를 두드렸다.

"하나도 재미없거든! 그보다 저 기분 나쁜 말투는 뭐야. 너도 나한테 신경 끄라니, 누가 신경을 썼다고 그래!"

"자, 자. 참아, 모모카. 여기 경단 줄 테니까."

건네받은 경단을 우물거리면서도 내 분노는 사그라들지 않았다. 지금이라면 정말로 학교 건물이든 뭐든 움직일 수 있을 정도로 화가 났다.

나는 경단을 덥석 베어 물면서 투덜거렸다.

"참, 나. 저 여우 눈은 대체 뭐야? 눈매는 사나운 데다, 매너라고는 눈 씻고 찾아봐도 없잖아."

그런데 아오쓰키 렌의 외모와 그 애가 했던 말이 머릿속에서 자꾸만 맴돌았다. 여우 눈, 매너 없는 태도, 옛날에 이 마을에 살 때 도깨비를 만났다.

설마, 그 말은 아오쓰키 렌이 설마…….

그때 그, 매너라고는 밥 말아먹은 멍청한 여우 눈?

생각해 보니 맞는 게 분명했다. 아오쓰키 렌은 옛날 이 동네에 살 무렵, 도깨비를 만났다고 했다. 분명 자기소개를 할 때, 열 살 때 도쿄로 전학 갔다고 했으니 시기적으로도 딱 맞다. 저 사나운 눈매 하며, 뿔을 만지려던 태도 하며 틀림없다. 그 녀석이야. 초등학생 때 나한테 심술궂게 굴었던 여우 눈 멍청이가 바로 아오쓰키 렌이다.

나는 이를 부드득 갈았다.

'용서 못 해.'

내가 시내 공포증을 극복한 것은 중학생이 되고 나서였다. 그 전까지는 계속 시내에 가지 않았으니, 그 녀석이 전학을 간 것도 당연히 몰랐다. 나는 교실을 나가는 아오쓰키 렌의 등을 노려보았다.

"모모카, 왜 그래? 도깨비처럼 무서운 얼굴로."

"뭐? 아냐! 난 절대 도깨비가 아니라고!"

"아하하. 알아, 안다니까."

유키는 웃으면서 내 어깨를 때렸다.

5. 꽃미남 왕자님과의 재회

그로부터 사흘이 흘렀다. 아오쓰키 렌은 교실에서 한 번도 내 쪽을 쳐다보지 않았다. 일부러 날 무시하는 거라면, 정말 재수 없는 녀석이다.

네가 그럴 생각이라면, 나도 앞으로는 절대 너랑 얽힐 생각 없거든!

그날, 모든 수업이 끝나고 나는 유키와 함께 교실을 나섰다.

"있잖아, 모모카는 동아리 활동 뭐 할지 정했어?"

"아직 못 정했어. 유키는?"

"나는 합창부나 취주악부처럼 음악 관련 동아리를 할

까 생각 중이야."

"음악이라…… 재밌겠다. 나도 빨리 하고 싶은 걸 찾아서 청춘을 즐기고 싶은데."

"좋지, 청춘!"

평범한 고등학생다운 대화를 하면서 우리는 2층 계단을 내려갔다. 처음에는 '유키 쨩' '모모카 쨩'이라고 불렀지만, 지금은 서로 그냥 이름으로 부른다. '유키' '모모카' 하고 부르면 그야말로 절친한 사이라는 느낌이 든다.

하아, 여자친구란 좋구나!

초등학교에서도 중학교에서도 같은 나이의 동성 친구가 없었기 때문에 이런 대화가 엄청나게 즐겁다. 싱글벙글한 표정으로 현관을 향해 복도를 걸어가는데, 앞쪽에서 무언가 반짝반짝하고 빛나는 것이 보였다.

"유키, 저쪽에 뭐가 빛나고 있지 않아?"

"어디? 음, 잘 모르겠는데."

좀 더 앞으로 걸어가자 역시 무언가가 빛나고 있었다. 저게 뭘까. 가까워질수록 반짝이는 것의 정체가 뚜렷해졌다. 설마 저건 그때 만났던…… 왕자님?

"다행이다. 널 찾고 있었어, 오니가와라 모모카."

현관 앞에서 미사키 선배가 우리를 향해 부드럽게 미소 짓고 있었다. 아무래도 빛나고 있던 것은 선배의 새하얀 치아였던 모양이다.

다행이다. 널 찾고 있었어, 오니가와라 모모카…….

마치 거짓말 같다. 다행이라니, 나랑 만나서 다행이라는 걸까. 찾고 있었다니, 계속 날 찾아다녔다는 걸까. 오니가와라 모모카라니, 내 이름을 기억하고 있었던 걸까.

선배의 말 한마디 한마디를 곱씹고 있는데, 선배가 고개를 갸웃했다.

"모모카, 잠깐 눈 감아 볼래?"

"앗! 왜요?"

"괜찮아. 잠깐이면 돼."

"아, 네."

나는 엄청나게 긴장하면서 눈을 꼭 감았다. 콩닥콩닥. 이건 서, 설마…… 갑자기 키스를!

눈을 꼭 감고 있는데 이마에 무언가가 살짝 닿았다.

무심코 이상한 목소리를 내고 말았다.

"어?"

"역시. 모모카는 내가 생각한 여주인공에 딱이야."

"정말이네! 모모카, 잘 어울려."

유키의 목소리도 들렸다.

잘 어울린다니. 두 사람은 대체 무슨 소리를 하는 거지.

"벚꽃이 어울리는 여주인공을 찾고 있었거든. 자, 하나 더."

미사키 선배의 손이 또다시 내 머리카락에 닿았다.

"응, 모모카한테는 벚꽃이 어울려."

천천히 눈을 뜬 내게 미사키 선배가 미소 지었다. 아무래도 선배는 내 머리카락에 벚꽃 잎을 붙이고 있던 모양이다.

"모모카, 배우 한번 해 보지 않을래?"

"네?"

잠잠해지려던 심장이 다시 요동치기 시작했다.

내가 배우를?

"내가 만드는 영화의 여주인공이 되어 주었으면 해. 그리고 나랑 같이 레드 카펫을 걷는 거야. 어때, 멋지겠지?"

여주인공이라니, 레드 카펫이라니!

나는 어안이 벙벙했지만 선배의 진지한 눈동자에 빨려 들어가듯 고개를 끄덕이고 말았다.

"정말? 기쁘다. 고마워."

"네. 부족하지만, 열심히 할게요."

미사키 선배는 나를 바라보며 싱긋 웃었다.

선배. 그런 맑은 눈동자로 바라보면 제 몸이 흐물흐물 녹아내릴지도 몰라요.

"그럼 당장 내일이라도 영화부로 견학하러 와."

선배가 한 번 더 윙크를 날리자, 또다시 **사락라** 소리가 울려 퍼지는 기분이 들었다.

저녁밥으로 채소가 잔뜩 들어간 사각김밥을 먹으며, 나는 오늘 있었던 일을 리리카에게 이야기했다.

"그래서 나 결심했어, 배우를 해 보기로."

"아니, 말도 안 돼. 언니가 배우라니, 있을 수 없는 일이야."

내 비장한 결심을 들은 리리카는 즉시 코웃음 쳤다.

"왜? 이제 겨우 내가 하고 싶은 걸 찾았는데."

"그게 정말로 하고 싶은 일이야? 꽃미남이 꼬시니까 그럴 마음이 든 것뿐이잖아."

"그건 그냥 계기가 된 거고, 지금 하고 싶은 마음은 진짜라고!"

리리카는 채소 사각김밥을 볼이 미어지도록 입에 넣어 먹으며 말을 이었다.

"하지만 언니는 긴장도 잘하고 금방 얼굴이 새빨개지잖아. 흥분하면 버벅대서 뭐라고 하는지 못 알아들을 때도 있다고. 그보다 언니, 기왕에 도깨비로 태어났으니 그걸 살리는 일을 해야지."

"뭐? 도깨비를 살린다고?"

얘가 대체 무슨 소리를 하는 거야.

이해가 가지 않아서 미간을 찌푸리고 있는데, 리리카는 태연하게 사각김밥을 하나 더 입에 넣었다.

"그래. 다이가는 방망이 휘두르는 특기를 살려서 야구를 하고 있잖아? 범이 날개를 단 격이지."

요즘 야구를 시작한 다이가가 에헴, 하는 의기양양한 표정으로 배트 휘두르는 시늉을 했다.

"아빠도 봐. 지압 일을 하니까 역시 도깨비는 혹을 잘 뗀다면서 평판이 좋다잖아."

'도깨비 굴리기'라고 적힌 술병을 들고 술을 마시고 있던 아빠가 어깨를 주물럭거리는 포즈를 취해 보였다.

"나는 도깨비 록을 할 거야. 앞으로 음악부에 들어가서, 도깨비의 특기인 큰북으로 도깨비 비트를 새겨 주겠어."

드럼 치는 흉내를 내는 리리카에게 나는 되물었다.

"아니, 잠깐. 우선 방망이랑 배트는 전혀 다르잖아. 그리고 혹부리 영감님은 대체 어느 시절 얘기냐고. 게다가 큰북이 특기인 건 도깨비가 아니라 뇌신 아니야?"

"꼬치꼬치 따지지 마. 내가 하고 싶은 말은, 특기를 살리는 게 좋다는 말이야. 언니는 연기 같은 거 못하잖아."

"그렇지 않아. 난 도깨비라는 사실을 항상 숨기고 있으니까, 늘 연기하는 거나 다름없지. 어쩌면 천성이 배우인 거 아닐까?"

"음. 이런 말 하기는 뭣하지만, 별로 잘 숨기는 것 같지 않던데."

"엇, 진짜?"

"있잖니, 모모카……."

술을 벌컥벌컥 마시던 아빠가 나직한 목소리로 대화에 끼어들었다. 하지만 꽤나 취한 모양인지, 금세 눈물이 그

렁그렁해졌다.

"모모카, 배우는 안 돼. 배우만은 절대 안 돼."

"잠깐만. '배우만은'이라니, 무슨 소리야?"

아빠는 콧물을 훌쩍이며 사진 속 엄마에게 말을 걸었다.

"히토미…… 모모카가 말이야, 배우를 하겠대. 안 되지. 그럼 안 되지……."

고양이 도라고로가 거실로 들어와 야옹야옹하고 연거푸 울어 댔다. 나는 식탁을 쾅 치며 일어섰다.

"뭐야, 다들 하나같이. 이제 됐어! 내가 하기로 정했으니까. 아빠는 뿔이나 집어넣어. **나는 배우가 될 거니께!**"

대답한 것은 야옹거리던 도라고로뿐이었다.

"언니…… 거니께라니."

"시끄러워!"

"안돼애" 하는 아빠 외침을 뒤로한 채, 나는 쿵쾅쿵쾅 소리 내며 내 방으로 돌아갔다.

6. 이게 영화부?

리리카 말마따나, 내게는 배우의 재능이 없을지도 모른다. 긴장을 잘하는 데다 안면홍조증이 있고, 발음은 꼬이고, 더 긴장하면 뿔이 튀어나온다. 배우가 된다는 건 생각해 본 적도 잘할 자신도 없고, 불안감만 가득하다. 하지만 미사키 선배는 내가 여주인공에 딱이라며, 같이 레드 카펫을 걷자고 말해 주었다. 그러니까…….

6교시 수업이 끝났을 때, 나는 유키에게 말했다.

"유키. 나 용기를 내기로 했어!"

"용기? 아아, 영화부 견학 말이지? 견학이니까 일단 마음 편하게 먹고 다녀와."

"그렇지! 그냥 견학인데, 뭐."

사실 영화부가 어떤 곳인지 전혀 상상되지 않았다. 고등학생이 어떻게 영화를 찍는지도 전혀 알 수 없었다.

"아무튼 갔다 올게!"

나는 유키와 헤어지고 영화부실이 있는 건물로 향했다. 학교 건물과 운동장 사이에 원통형 건물이 있는데, 영화부는 그 건물 3층에 있었다. 건물 앞에는 커다란 벚나무가 있었다. 아직도 꽃이 활짝 피어 있는 벚나무 아래에서, 나는 미사키 선배의 말을 떠올렸다.

역시 모모카한테는 벚꽃이 어울려.

나는 벚나무에 손을 대고 주위에 아무도 없는 것을 확인한 다음 작게 중얼거렸다.

"선배, 지금 만나러 갈게요."

그리고 **"으라차차!"** 기합을 넣으며 도깨비 괴력으로 벚나무 몸통을 흔들었다. 휘청휘청 흔들리는 벚나무에서 비가 내리듯 꽃잎이 흩날렸다. 그중 두세 개가 내 머리 위에 떨어졌다.

좋았어, 벚꽃 잎 세팅 완료! 가 보자, 영화부!

나는 의기양양하게 부실이 있는 건물로 들어갔다. 3층까지 계단을 올라, 연극부와 음악부를 지나쳤다. 그러자 가장 안쪽 막다른 곳의 문에 '영화부'라고 적힌 팻말이 보였다. 여기구나. 나는 문 앞에 서서 심호흡을 했다. 이 안에 미사키 선배가 있다고 생각하니 긴장되기 시작했다.

그래도 갈게요. 지금 만나러 갈게요, 선배. 문을 연 순간, 갑자기 그와 눈이 마주치는 바람에 우뚝 멈춰 서고 말았다. 억! 어, 어, 어…….

"어째서 네가!"

눈앞에 아오쓰키 렌이 있었고, 다른 사람은 아무도 없었다. 멍하니 서 있는 나를 본 아오쓰키 렌은 쳇, 하고 혀를 찼다.

또 혀를 찼어! 벌써 두 번이나! 재수 없는 놈!

아오쓰키 렌은 하아, 하고 한숨을 쉬더니 부실 안쪽을 돌아보며 말했다.

"또 왔어요, 선배."

"어?"

혹시 어딘가에 미사키 선배가 있었나 싶어 당황했지만

그렇지 않았다. 들려온 것은 미사키 선배와는 다른, 어쩐지 높은 톤의 목소리였다.

"영화부 가입 신청자야? 혹시 카메라 지망?"

목소리는 들리는데 아무도 보이지 않았다. 이 부실에는 커다란 카메라와 마이크, 조명 외에도 이름을 알 수 없는 기계가 산처럼 쌓여 있었다. 그 기재의 산더미 속에서 갑자기 누군가가 얼굴을 불쑥 내밀었다.

"소리마치 선배, 카메라 지망이 아니라 배우 지망이에요."

"또 배우구나. 뭐, 상관없지. 그럼 너도 이걸 적어."

소리마치라는 안경 쓴 선배가 종이를 내밀었다. 종이에는 '진구지 미사키 신작 영화 여주인공 오디션 참가 신청서'라고 적혀 있었다.

"오디션은 다음 주 금요일이야. 북쪽 학교 건물 3층 시청각실에서."

버들잎처럼 가녀린 체구의 소리마치 선배는 행동거지가 어딘지 모르게 고상했다. 하지만 노골적으로 말하자면, 목소리가 높고 말투가 빨라 덕후처럼 보였다.

"저기, 저는 미사키 선배한테 여주인공을 해 달라고 부탁을 받았는데…… 오디션이란 게 무슨 말인지…….”

아오쓰키 렌이 옆에서 귀찮다는 듯 내뱉었다.

“그러니까 그 여주인공을 결정하는 오디션이라고 적혀 있잖아.”

“시끄러워! 너한테 물어본 거 아니거든! 너나 나나 같은 1학년인데 왜 벌써 부원 행세를 하는 건데?”

“나는 봄방학부터 여기 활동에 참가했거든.”

“뭐? 어이가 없네. 대체 얼마나 영화를 좋아하길래?”

소리마치 선배는 렌과 나를 번갈아 바라보다 안경을 슥 치켜올렸다.

“저기, 너희. 영화를 찍고 싶다, 배우가 되고 싶다, 하는 마음은 알겠는데, 그것만으로는 부족해. 너네 세계 최초로 영화를 만든 사람이 누구인지 알아?”

엥? 갑자기 무슨 소리야. 입단 테스트인가?

답을 몰라 입을 다문 나와 달리, 멍청이 렌은 냉큼 대답했다.

“뤼미에르. 정확하게는 뤼미에르 형제죠.”

소리마치 선배는 시선을 내리깐 채 빠른 말투로 주워섬겼다.

"맞아, 아오쓰키. 너는 전망이 있구나. 뤼미에르는 '영화의 아버지'라고 불리는데, 그의 작품 이후로 전 세계에서 여러 영화가 만들어지면서……."

'대체 뭔 소리야' 하고 생각하는데, 멍청이 렌이 놀란 눈으로 나를 보고 있었다.

"어? 그거 뿔이야? 역시 너, 도깨비야?"

"어?"

소리마치 선배가 안경을 번뜩이며 날 향해 다가왔다.

"엇! 너 도깨비였어? 무슨 도깨비? 빨간색? 파란색? 아니면 보기 드문 노란색 도깨비?"

"아니거든! 도깨비 같은 거 아냐."

설마 나도 모르는 새에 뿔이 튀어나왔나 당황하는 찰나, 렌이 내 양쪽 어깨를 덥석 붙들었다.

"뭐야, 이거 놔!"

나를 집어삼킬 듯이 쏘아보던 렌의 눈빛이 이글이글 불타오르다가 점차 약해졌다. 렌은 또다시 쳇, 하고 혀를 찼다.

"뭐야. 뿔 아니잖아. 하긴, 요즘 세상에 도깨비가 그렇게 많을 리 없지. 봐, 머리에 꽃잎이 붙어 있었어. 넋 놓고

다니니까 그렇지."

렌이 입김을 후 불자 머리에 붙어 있던 꽃잎이 하늘거리며 발밑으로 떨어졌다.

재수 없어! 하여튼 비호감이야, 완전 비호감!

소리마치 선배가 옆에서 고개를 연신 끄덕거렸다.

"흠. 도깨비라는 건 원래 히미코(고대 일본 야마타이국의 여왕이라고 전해지는 인물) 밑에서 기괴한 주술을 사용하던 사람이라는 설이 있지. 그런데 아오쓰키도 도깨비에 흥미가 있는 거야?"

"네. 사실 옛날에 도깨비를 만난 적이 있거든요. 얘 같은 긴 생머리가 아니라 **꼬불꼬불한 폭탄 머리**에, 악어처럼 입을 크게 벌려서 웃고, 가지고 있는 **물건은 거의 다 이상한 호피 무늬**였어요. 그래서 저, 도깨비에 관한 영화를 찍고 싶다는 생각이 들어서."

폭탄 머리? 악어처럼 입을 크게 벌려? 이상한 호피 무늬……?

너무 화가 나서 몸이 부들부들 떨렸다. 그런 나를 퍽 하고 날려 버릴 기세로 소리마치 선배가 불쑥 앞으로 튀어나왔다. 그리고 소리마치 선배는 렌의 양손을 굳게 잡고 악수를 나누었다.

"네가 도깨비 영화를 찍는다면, 나도 발 벗고 나서서 도와줄게."

도깨비 영화를 찍는다니. 진심으로 하는 소린가?

멍청이 렌과 멍청이 소리마치 선배는 점점 더 도깨비 이야기에 열을 올리기 시작했다.

"저는 그만 가 볼게요. 안녕히 계세요."

이런 곳에는 단 일 초도 더 있고 싶지 않아서 나는 발걸음을 돌렸다. 그리고 그대로 도망치듯 부실을 떠났다.

7. 달려라, 도깨비 소녀

초등학생 때와는 머리 모양이 완전히 다르니까, 멍청이 렌은 그게 나라는 사실을 아직 깨닫지 못했다. 하지만 아무리 정성껏 펴도 곱슬머리는 비가 오는 날에는 머리카락이 뱅그르르 말려 버린다.

멍청이 렌이 있는 영화부에 들어가면 언젠가 들키고 말겠지. 그러면 저 두 사람은 날 엄청 괴롭히고 비웃고 영화까지 찍어서, 온 학교에 내가 도깨비라는 사실을 퍼뜨릴 게 분명했다. 그럼 평범한 고등학교 생활은 물 건너가는 거다.

"좋아, 다들 모였지. 오늘 체육 수업에서는 체력 측정을 할 거야.”

미사키 선배가 초대해 준 영화부에 들어가고 싶은데, 멍청이 렌 때문에 들어갈 수 없다니!

체육 선생님의 말은 귀에 들어오지도 않고 나는 속만 부글부글 끓었다.

“각 종목에서 기록을 잰 다음, 지금부터 나눠 줄 용지에 기록하도록. 사람이 몰리지 않은 종목부터 후딱후딱 시작해.”

지금 영화부에 못 들어가는 것도 그때 시내에 못 갔던 것도, 다 그 멍청이 렌 때문이다.

멍청이, 똥개, 해삼, 멍게, 말미잘 같은 놈!

“제자리에, 준비…… 출발!”

나는 분노에 가득 차서 **우다다다** 50미터를 달려 나갔다. 시간을 재던 선생님이 당혹스러운 표정을 지었다.

“어어? 오니가와라, 이건……. 으음, 너 세계기록을 갱신했는데.”

스톱워치를 보니 4초대가 기록되어 있었다.

“그, 그럴 리가 없어요. 뭔가 잘못된 거예요! 그게, 저기, 죄송해요. 다시 한번 뛰어도 될까요?”

스톱워치가 고장 났다고 생각한 것인지, 선생님은 버튼을 딸깍딸깍 눌러 보면서 고개를 갸웃했다. '위험했다, 조심해야지' 하고 생각하면서 인간의 속도로 다시 한번 50미터를 달렸다. 하지만 그 뒤에도 순간적으로 렌에 대한 분노가 치밀어 오른 탓에 실수를 연발하고 말았다.

"오, 오니가와라. 악력이 200킬로그램 나왔는데?"

"아니, 그게 아니라! 그건 멍청이 렌이⋯⋯."

"선생님. 오니가와라가 던진 공이 하늘로 사라져 버렸는데요!"

"그건 어쩌다 보니! 방금은 멍청이 렌 때문에⋯⋯."

"선생님, 줄자 길이가 모자라서 오니가와라의 기록을 잴 수가 없는데요!"

"아니! 방금은 멍청이 렌 잘못인데, 방금 건 취소야!"

필사적으로 변명하는 나를, 이유는 모르겠지만 학교 제일의 미소녀로 소문난 마쓰마루 티아라가 노려보고 있었다.

"하…… 피곤해."

점심시간, 책상에 엎드려 있는데 유키가 내 머리를 톡 톡 쳤다.

"모모카, 수고했어. 오늘은 어떻게 할래? 영화부 갈 거 야?"

나는 고개를 들고 유키를 바라보았다.

"아, 그거 말인데. 고민이야. 그냥 들어가지 말까 봐."

"어, 그래? 미사키 선배가 찍는 영화 주인공을 거절한 다는 거야?"

"사실 뭐가 어떻게 돌아가는 건지 잘 모르겠어."

나는 유키에게 상황을 설명했다. 물론 미사키 선배의 기대에는 부응하고 싶다. 하지만 어제 영화부실에서 들은 바에 따르면 오디션이라는 게 있는 모양이다.

"아하, 그럼 여주인공을 맡으려면 오디션을 통과해야 한다는 거네?"

"응. 그런 것 같아."

"그렇구나."

유키는 마치 자기 일처럼 고개를 끄덕이며 이야기를 들어 주었다.

"그럼 오디션을 받아 보면 되잖아?"

"그건 그렇지만 사실 영화부에 아주 마음에 안 드는 녀석이 있어서……."

"마음에 안 드는 녀석? 누구?"

나는 유키만 볼 수 있도록 교실 앞쪽에 있는 아오쓰키 렌을 가리켰다.

"쟤. 어제도 머리 붙잡힐 뻔했어. 정말 최악이야!"

"흠, 아오쓰키가? 외모는 멋진데, 그렇다니 안타깝네. 어라? 아오쓰키가 이쪽으로 오고 있어."

"엑!"

나를 향해 성큼성큼 걸어온 렌이 책상에 '진구지 미사키 신작 영화 여주인공 오디션 참가 신청서'를 내려놓았다.

"어제 이거 놓고 갔어."

"나 어떻게 할지 아직 결정 못 했는데."

"상관없어. 네가 어떻게 하든 나는 전혀 상관없으니까. 아무튼 전달했다."

그 말을 남기고 돌아서서 가는 렌의 등에 대고 멍청이,

하고 말하며 혀를 날름 내밀었다.

유키가 조그맣게 속삭였다.

"있잖아 모모카. 티아라가 잔뜩 화난 표정으로 이쪽을 노려보고 있어."

"뭐?"

깜짝 놀라서 마쓰마루 티아라 쪽을 봤다. 하지만 그 아이는 이미 새침한 얼굴로 다른 여자아이와 수다를 떨고 있었다.

방과 후, 유키와 헤어진 나는 책상 위에 오디션 신청 용지를 꺼냈다. 한참 고민했지만 적어도 오늘은 갈 마음이 들지 않았다.

"저기, 오니가와라. 너 영화부에 들어갈 생각이야? 혹시 배우 지망?"

"어?"

갑자기 뒤에서 목소리가 들려 소스라치게 놀랐다. 돌아보니 차가운 눈빛의 마쓰마루 티아라가 내 책상 위의 용

지를 바라보고 있었다. 교실에 아무도 없는 줄 알았는데. 그보다 티아라는 대체 내게 무슨 볼일이 있는 거지.

"그만두는 게 좋을 거야. 렌이 가여우니까."

"렌이 가엽다는 게 무슨 뜻이야?"

마쓰마루 티아라는 볼 위로 흘러내린 머리카락을 손으로 쓸어 올렸다.

"학교에 입학했다는 도깨비, 너 맞지? 성도 오니가와라잖아."

"아, 아냐. 도깨비라니, 요즘 세상에 그런 게 어딨어!"

"흥. 그럼 도깨비가 아니라는 증거를 대 봐."

"도깨비가 아니라는 증거라면…… 나는 샐러드 같은 것도 먹고……."

"초식성 도깨비도 있을 거 아냐. 너, 누가 너한테 콩 던지면 싫지?"

"콩을 던지다니 그런 건 당연히 싫지."

티아라는 심술궂게 입을 비죽였다.

"그것 봐! 역시 도깨비잖아. 도깨비 주제에 평범한 여고생인 척하다니."

나는 바로 되받아쳤다.

"인간이라도 콩에 맞으면 싫은 게 당연하잖아!"

티아라에게 대꾸하다가 어릴 적 줄넘기 사건이 그만 떠오르고 말았다.

저기, 너 도깨비 맞지……. 도깨비 주제에 울기는.

그때 특이한 이름을 가진 여자아이에게 지금과 비슷한 말을 들었던 것 같았다.

"하지만 아무리 도깨비가 아니라고 우겨 봤자, 네 성은 도깨비라는 뜻이 들어간 오니가와라잖아.”

“원래 성이 그런데 어쩌라고! 너야말로 이름이 티아라
잖아. 아무리 귀여워도 티아라는 좀 아니지.”

얼굴이 시뻘게진 티아라가 내 어깨를 들이받으려고 했
다. 내가 슬쩍 피하자, 티아라는 마침 옆에 있던 물이 담긴
청소용 양동이에 발이 걸려 넘어지고 말았다. 양동이가
엎어지면서 교실 바닥이 물바다가 되었다. 엉덩방아를 찧
은 티아라가 흠뻑 젖은 채 나를 노려보았다.

“상관없잖아, 티아라가 뭐 어때서! 확 콩을 뿌려 버릴

까 보다, **이 못생긴 도깨비야!**"

"흥, 어디 뿌려 보시지! **자기야말로 눈썹도 없는 못난이
주제에!**"

티아라는 당황하여 손으로 얼굴을 더듬었다. 물을 뒤
집어쓴 바람에 화장이 지워지고 만 것이다. 붙였던 속눈
썹과 쌍꺼풀 테이프가 떨어져서 외까풀의 수수한 얼굴이
드러났다. 얼굴 반쪽만 완전히 다른 사람이었다.

"이, 이건 아무한테도 얘기하면 안 돼! 아무튼 영화부
에는 들어오지 마. 렌이 귀찮아할 테니까!"

티아라는 빠르게 말하고는 등을 빙글 돌렸다. 그리고
도망치듯 교실을 빠져나가 버렸다.

"뭐야, 쟤는!"

나는 홀로 남은 교실에서 욕을 했다.

참, 나. 주위에서 좀 치켜세워 준다고 의기양양한 꼴이
라니. 티아라인지 키메라인지 코알라인지, 이름도 이상한
주제에. 잠깐, 이상한 이름?

불현듯 짚이는 게 생각난 나는 목소리를 높였다.

"어라?"

초등학생 때도 똑같이 생각했었다. 설마 티아라가 옛

날에 렌과 같이 놀던 여자애? 어릴 때는 티아라가 뭔지도 몰랐으니까 기억 못 하는 것도 당연하다. 하지만 잘 생각해 보면 그 애 이름도 분명 티아라였다.

'큰일이다. 역시 영화부에는 가면 안 되겠어.'

티아라도 렌도 내 정체를 아직 눈치채지 못했지만 주의해야 한다. 들키지 않으려면 렌과는 거리를 두고, 티아라의 눈에도 띄지 않는 게 좋다. 하지만 그렇다면 미사키 선배의 영화 오디션은…….

책상 위의 용지를 바라보며 어떻게 할지 고민했다. 역시 이건 포기하는 편이 좋으려나. 그때 교실 뒷문이 열리며 그 사람이 얼굴을 내밀었다. 마침 생각하고 있던 참이라 깜짝 놀라고 말았다.

"모모카. 부실에 안 와서 찾고 있었어. 이거 모모카가 봤으면 해서."

방과 후 교실에 나타난 사람은 미사키 선배였다. 미소 짓는 선배 손에 전단지 같은 것이 들려 있었다.

선배가 보여 준 전단지에는 '오쿠카와치 후루사토 영화제'라고 적혀 있었다.

"매년 하는 영화제거든. 작년에 나는 배우로 참가해서

남우주연상을 받았어. 하지만 올해는 감독으로서 출품하려고 해. 내가 구상하는 영화에는 모모카가 필요해."

선배가 예쁜 눈으로 나를 바라보자 그만 황홀해졌다. 하지만 그걸 물어봐야 해.

"선배. 오디션이 있다고 들었는데, 그게 정말이에요?"

미사키 선배는 시원스럽게 대답했다.

"맞아. 여주인공이 되고 싶은 사람은 오디션을 봐야 해. 하지만 나는 모모카가 우승하기를 바라고 있어."

"우승이라니, 저는 도저히……."

"불안하면 개인 레슨 해 줄까?"

저녁노을이 비치는 단둘뿐인 교실에서, 선배는 오른손을 뻗어 내 이마에 가볍게 댔다. 그리고 눈을 감기듯 눈꺼풀을 부드럽게 쓸어내렸다.

"눈을 감아, 모모카."

시키는 대로 눈을 감은 내 귓가에 선배의 달콤한 목소리가 들려왔다.

"상상하는 거야. 우리는 지금 세계의 끝에 있어. 우리 둘만."

으아앗! 대체 뭐야, 이 상황은!

"내 목소리 들려? 우리는 서로를 무척 가깝게 느끼고 있어. 그래, 우리는 연인 사이니까. 지금까지 그랬던 것처럼, 앞으로도 계속 함께 있을 거야."

갑자기 시작된 아슬아슬한 분위기의 레슨에 나는 무척 긴장했다. 그래서 그만 이상한 목소리가 튀어나왔다.

"넵."

"괜찮아. 겁낼 것 없어. 부끄러워? 그럼 나도 눈 감을게."

선배가 내 왼손을 살짝 잡고 오른쪽 어깨에 손을 올렸다. 선배의 숨소리가 가까이에서 느껴졌다. 너무 긴장한 나머지 심장이 미친 듯이 뛰었다.

악! 뭐야, 이게! 나, 이대로 끌어안기는 건가?

"이제 우린 같은 장면을 상상할 거야. 지금 우리에게 바람이 불어오고 있어. 무척 강력한 바람이야. 하지만 난 널 지킬 거야. 모모카, 내가 반드시 널 지킬 거야."

속삭이는 듯한 목소리가 귓가에 들려오자, 더 이상은 안 되겠다는 생각이 들었다. 긴장감이 이미 한계치를 넘어서 최고조에 달해 정수리에서 김이 피어오르는 것만 같았다.

너무 두근거려서 이러다간 뿔이 튀어나오겠어. 아니, 잠깐만. 이미 튀어나왔잖아! 완전히 튀어나왔어. 내 뿔이 튀어나와 버렸다고!

"으가악!"

보지 마세요, 라고 말하려고 했는데 이상한 비명을 지르고 말았다.

"흐억."

동시에 선배의 신음이 들렸다. 머리를 손으로 감추려고 했는데, 실수로 선배를 양손으로 밀어 버린 모양이었다.

나는 울 것 같은 표정으로 선배에게 호소했다.

"아니에요, 선배! 저는 도깨비 같은 게 아니라, 이건 그냥 장식이에요, 장식! 평범한 머리 장식이요!"

그런데, 어라? 이상하게도 미사키 선배가 사라지고 없었다.

"어? 선배? 어디 있어요?"

당황해서 주위를 둘러보니, **선배는 금이 간 칠판 아래에 풀썩 쓰러져 있었다.**

"꺄아아! 죄송해요!"

나, 온 힘 다해 선배를 날려 버린 거야?

황급히 선배에게 달려갔지만 선배는 의식을 잃은 채 거품을 물고 있었다. 그 와중에도 선배는 나를 걱정시키지 않으려는 듯, 입가에 희미한 미소를 띠고 있었다.

"죽으면 안 돼요, 선배! 부탁이에요! 죽지 마요, 죽지 마!"

나는 미사키 선배를 오른쪽 어깨에 둘러메고 보건실을 향해 내달렸다.

8. 배우 데뷔

다음 날 아침, 학교에 가니 같은 반 여자아이들이 떠들어 댔다.

"있잖아, 어제 학교 끝나고 야구부 애가 엄청난 걸 봤대!"

"뭔데, 뭔데?"

"글쎄, 도깨비가 꽃미남을 둘러업고 달렸대."

"도깨비가, 꽃미남을, 둘러업고? 진짜?"

"응. 너무 빨라서 자세히 보진 못했다나 봐. 하지만 분명히 도깨비였대!"

헉, 그렇구나, 하고 놀라는 척하며 나는 잽싸게 자리에 앉았다.

어제 쓰러진 선배를 둘러업고 보건실로 달려갔다. 보건실 선생님에게는 멧돼지가 들이받았다고 둘러댔다. 어쨌든 선생님도 미사키 선배도, 그 말을 곧이곧대로 믿는 듯했지만…….

"안녕, 모모카. 어, 왜 그래? 얼굴이 빨간데. 완전 새빨개."

"그, 그래? 아무렇지도 않은데."

"아니. 아무리 봐도 빨갛다고!" 하는 유키의 말을 외면하듯 나는 말을 이었다.

"저기, 유키. 나 결심했어. 다음 주에 오디션 볼 거야."

"잘됐다. 미사키 선배랑 무슨 이야기라도 나눈 거야?"

"응. 선배는 내가 우승했으면 좋겠대. 연습 방법도 알려 줘서 어젯밤부터 특훈을 했어. 오디션에 꼭 붙고 싶어!"

"앗, 그럼 드디어 시작됐구나, 모모카의 청춘!"

"응! 이제부터 청춘 시작이야!"

"슬슬 나도 분발해야겠는걸. 어디 임시로라도 가입 신청해 볼까."

그때 문이 드르륵 열리고 선생님이 들어와, 우리의 수

다는 종료되었다. 이루고 싶은 목표가 생기자 세계가 반짝반짝 빛나 보이는 것 같았다. 하늘은 평소보다 더 새파랗고, 수업도 평소보다 재미있게 느껴졌다.

나는 선생님과 반 친구들의 행동이나 말을 계속 관찰했다. 다들 비슷해 보이지만 나와는 조금씩 달랐다. 다른 사람의 행동을 잘 보고, 나라면 어떻게 할지를 상상한다. 그게 연기 공부의 첫걸음이라고, 선배가 어제 보건실에서 알려 주었다. 고개를 숙인 채, 나는 몰래 표정 연습을 했다. 기쁜 표정, 슬픈 표정, 화난 표정, 웃는 표정……

"오니가와라, 왜 그래? 어디 아프니?"

"아니요! 죄송해요, 아무것도 아니에요."

웃는 얼굴을 연습하고 있는데 선생님에게 들키고 말았다. 아무리 그래도 웃는 표정을 짓고 있는데, 어디 아프냐고 걱정을 듣다니. 이게 무슨 꼴이람.

수업이 끝나자 유키가 합창부에 견학을 가겠다고 했다.

"합창부는 어떤지 내일 알려 줘!"

"알겠어. 그럼 내일 보자, 모모카."

나는 유키와 하이 파이브를 하고 헤어진 후, 자전거 보관소로 향했다.

저녁놀에 붉게 물든 산을 향해 자전거 페달을 밟으며, 나는 주문처럼 같은 말을 반복했다.

"간장 공장 공장장은 강 공장장, 된장 공장 공장장은 공 공장장, 간장 공장 공장장은 강 공장장, 된장 공장 공장장은 공 공장장……."

이 말은 미사키 선배가 알려 준 것이다. 보건실 침대에서 미사키 선배는 배우는 발음도 무척 중요하지만 발성이 기본이라며, 단전에 힘을 주고 목소리 내는 연습부터 시작하라고 했다.

"내가 그린 기린 그림은 목이 긴 기린 그림, 네가 그린 기린 그림은 목이 안 긴 기린 그림."

통학 시간이나 혼자 있는 시간에는 무조건 발성 연습을 하기로 결심했다.

집에 돌아가서는 다이가를 상대로 대본 읽기를 연습했다. 다이가는 또랑또랑한 목소리로 글자를 읽었다.

"당신, 나와 함께 여행을 떠나지 않겠어?"

"죄송해요. 제게는 어릴 적부터 부모님이 정해 주신 약

혼자가 있어요. 그러니 갈 수 없어요."

"누나, 약혼자가 뭐야?"

"결혼을 약속한 상대라는 뜻이야. 됐으니까 다음을 읽어 봐."

다이가는 다시 대본을 천천히 읽었다.

"하하! 나는 텐트와 베개, 그리고 책 한 권만 있으면 된다네. 그럼 이만."

"선배! 선배를 잊지 않을게요. 언젠가 다시 만난다면, 그때 또 선배의 도시락을 만들어도 될까요?"

"저기, 언니. 이게 대체 무슨 내용이야?"

"시끄러워, 리리카."

"안 돼. 배우는 안 된다, 모모카."

"아빠도 시끄러워. 또 뿔 튀어나왔잖아!"

밥을 먹은 뒤에는 자기 전까지 방에 틀어박혔다. 왜 집에 있는지는 모르지만, 오래된 발음 연습 책을 보면서 훈련했다.

"이 콩깍지는 깐 콩깍지인가 안 깐 콩깍지인가. 이 콩깍지는……."

옛날에 엄마가 읽었던 책이라는데, 엄마는 왜 발음 연습 같은 걸 했던 걸까.

아침 여섯시, 학교에 가기 전에 도깨비 속도로 달려 다키하타댐으로 향했다. 등교하기 전까지 두 시간 정도, 아무도 없는 댐 위에서 산을 향해 발성 연습을 한다. 단전이라는 것은 배꼽 아래 부근에 있다고 했다. 그곳에 힘을 주며 목소리를 냈다.

"아, 에, 이, 오, 우. 아, 에, 이, 오, 우."

반드시 여주인공 오디션에 뽑혀서 미사키 선배의 상대역을 할 거야. 그리고 후루사토 영화제에서 선배와 레드 카펫을 밟는 거야!

"야, 모모가와라. 뭐 하냐."

"으악!"

깜짝 놀라 돌아보니 카메라를 든 렌이 있었다. 그나저나 모모가와라라니. 왜 마음대로 남의 이름을 바꿔 부르는 거람.

"뭘 하냐니. 난 발성 연습 중인데 너야말로 왜 여기 있어?"

영화부에 들어가더라도 아오쓰키 렌과는 최대한 얽히지 않을 생각이었다. 그런데 하필 이런 데서 마주치게 되다니.

"난 미사키 선배 영화의 로케이션 헌팅 때문에 왔어."

"로케이션 헌팅?"

"촬영할 장소를 미리 조사하는 거야."

"이렇게 이른 아침에?"

"이른 아침에 촬영할 장면이니까."

여전히 무뚝뚝하지만 이 녀석도 나름대로 노력하고 있다고 할까, 청춘을 불태우는 중인 모양이었다.

"산길을 걸어 올라오는 내내 네 목소리가 들리더라."

"그게 뭐 문제라도 돼?"

"아니. 너도 열심히 하고 있구나 생각했어."

그렇게 말한 렌은 카메라로 풍경을 찰칵찰칵 찍기 시작했다.

"그야 당연히 열심히 해야지. 오디션에 나가서 미사키 선배의 영화 여주인공을 맡을 거니까. 네 영화에는 안 나갈 거지만."

렌은 나를 쳐다보지 않고 말했다.

"그래? 그거 아쉽네."

뭔가 좀 더 얄밉게 이기죽댈 줄 알았는데 맥이 빠졌다. 그래도 상관없지, 하는 생각으로 나는 다시 발성 연습을 시작했다.

"아, 에, 이, 오, 우."

"모모가와라, 두 발짝만 옆으로 가서 서 볼래?"

"뭐? 그래, 얼마든지."

뒤돌아서 두 발짝 이동한 나를, 렌은 멀리 있는 풍경과 비교하는 듯했다.

"좋아. 거기서 '난 내가 태어난 이 마을이 정말 좋아'라고 말해 봐."

"뭐? 왜?"

"빨리."

렌은 카메라를 들었다.

그러고 보니 미사키 선배에게 받은 대본에 그런 대사가 있었다. 여기서 그 장면을 촬영하기 때문에 로케이션 헌팅을 나온 걸까. 미사키 선배의 영화를 위해서라면, 하는 마음으로 시키는 대로 하기로 했다. 카메라를 보며 나는 말했다.

"난 내가 태어난 이 마을이 정말 좋아!"

살랑거리며 불어온 봄바람에 내 머리카락이 흩날렸다. 그사이 찰칵하고 렌이 사진을 찍었다.

카메라에서 눈을 뗀 렌이 말했다.

"이제 됐어. 고마워, 꽤 괜찮았어."

작게 중얼거리던 렌은 스케치북에 무언가를 적었다. 비호감인 녀석한테서 고맙다든가 괜찮았다는 말을 들으니 기분이 이상했다.

"뭐야, 잘난 척하기는."

나는 렌에게서 등을 돌린 채 다시 발성 연습을 했다.

"아, 에, 이, 오, 우."

"열심히 하는 건 좋지만, 슬슬 가지 않으면 지각할 거야. 나는 이제 간다."

"예, 예. 그러시든가요."

렌은 무어라 말하고 싶은

듯했지만 이내 자전거를 타
고 떠나갔다. 나는 발성 연
습을 하면서 차츰 작아져 가
는 그 모습을 댐 위에서 지
켜보았다.

　멍청하긴. 도깨비 힘을 쓰
면 이런 산쯤은 순식간에 넘
어갈 수 있거든.

　그렇게 여유를 부렸지만
연습에 너무 몰두한 나머지,
선생님이 들어오기 2초 전
에야 아슬아슬하게 교실에
뛰어들어 겨우 지각을 면했다.

9. 오디션

연습을 시작한 뒤로 벌써 열흘이 흘러, 오늘은 오디션 당일인 금요일이다.

"그럼 다녀올게, 유키. 여주인공 역 반드시 따낼 거야."

"모모카는 계속 노력했으니까 할 수 있어. 응원할게!"

유키와 헤어진 뒤 나는 화장실에 들렀다. 머리카락이 곱슬거리지 않는지 점검하고, 립크림을 다시 발랐다. 활짝 웃어 보면서 표정이 딱딱하지 않은지 확인했다.

좋아, 괜찮아. 가자! 지난주부터 쉴 틈 없이 연기 연습했으니 분명 잘될 거야.

오디션장인 시청각실 문 앞에 서서, 나는 심호흡을 했

다. 괜찮아, 괜찮아, 하고 되뇌며, 마음을 굳게 먹고 문을 열었다.

"실례합니다. 어어, 이게 뭐야?"

시청각실에 여자아이들이 길게 줄을 서 있었다.

"밀지 말고. 이 종이에 이름 적어."

영화부원 몇 명이 줄을 정리하고 있었다. 그중 한 명, 멍청이 렌이 내 쪽으로 다가왔다.

"잠깐만. 어떻게 된 거야? 왜 이렇게 사람이 많아?"

"어떻게 되긴. 다들 배우 지망이야. 너랑 똑같이 여주인공 후보."

"헉! 이게 다?"

실내를 둘러보니 대충 세도 50명 정도는 되어 보였다.

"사람이 이렇게 많으면 나 같은 애는 무리야! 고작해야 네다섯 명 정도일 줄 알았는데!"

"몇 명이든 똑같잖아? 넌 열심히 연습했으니까 그 성과를 보여 주면 되는 거야."

"그건 그렇지만……."

렌과 이야기하고 있는데 줄 중간쯤에서 강렬한 시선이 느껴졌다. 뭐지, 하고 살펴보니 티아라가 노려보고 있었다. 티아라는 나와 눈이 마주치자 흥, 하는 듯이 고개를 돌렸다.

"티아라도 있구나."

그건 그렇고, 대체 이 많은 사람은 다 뭐야, 하고 생각했는데 미사키 선배가 방에 들어왔다. 그러자 시청각실에 있는 여자아이들이 일제히 밝은 표정으로 꺄악, 우와, 하며 박수를 쳤다.

"다들 내 영화를 위해 이렇게 모여 줘서 고마워! 진심으로 기쁘다. 오늘은 대망의 여주인공 오디션이고, 이쪽은 카메라맨 소리마치 도키야야."

소개받은 소리마치 선배는 안경을 몇 번이나 치켜올리면서, 우리와 눈을 맞추지도 않고 빠르게 말을 쏟아 냈다.

"그럼 잠깐 영화 이야기를 해 볼까. 〈뒤로 가는 남과 여〉 〈헬레이저 4〉 등에 관여한 앨런 스미시란 감독이 있는데, 이 사람은 사실 현실에 존재하지 않는 가공의 인간이야. 이 이름은 감독이 이름을 표시하고 싶지 않을 때 사용되는 가명인데……."

소리마치 선배의 영화 지식 자랑을 가로막으며 미사키 선배가 끼어들었다.

"고마워, 도키야. 뒷이야기는 다음에 하자. 오늘은 순서대로 카메라 테스트를 하려고 해. 카메라 앞에서 여러분의 연기를 보여 주면 좋겠어. 이 중에서 여주인공이 될 수 있는 건 한 명뿐이야. 하지만 먼저 한 가지 말해 둘게. 난 여러분 모두…… 정말 좋아."

미사키 선배가 그곳에 모인 모두를 둘러보았다. 여자아이들이 "꺅!" 하고 소리 지르며 박수 쳤다. 삑, 하는 휘파람 소리와 "미사키 선배!" 하고 외치는 새된 목소리도 들렸다.

"말도 안 돼."

나는 입을 떡 벌린 채 여자아이들의 모습을 바라봤다. 뾰로통한 표정의 티아라를 제외하면, 여자아이들은 모두 빛나는 눈으로 환호성을 지르며 수선을 피웠다.

미사키 선배야 당연히 인기가 많을 거라 생각했지만, 설마 이 정도일 줄이야.

그때 **사락라** 소리가 들린 것 같아서 나는 고개를 들었다. 미사키 선배가 내 쪽을 향해 윙크하고 있었다.

사람이 많다고 해서 주눅 들 필요 없어…….

설마 저건 나만을 향한 특별한 신호인 걸까……?

"화이트보드에 적힌 대사를 보고, 카메라를 향해 연기하면 돼. 그럼 바로 시작할까. 1번부터."

소리마치 선배가 카메라를 준비하고 미사키 선배가 모니터를 바라봤다. 부원 하나가 빛을 모으는 반사판을 가져다 대자, 아오쓰키 렌이 카메라 앞으로 차단기처럼 생긴 슬레이트를 내밀었다.

렌이 슬레이트를 딱, 하고 울리며 외쳤다.

"갑니다. 레디, 액션!"

접수 번호 1번인 여자아이가 카메라를 바라보며 연기를 시작했다.

"미안해요, 나는 역시 갈 수 없어요. 시부시시, 시부시 마을, 시부시의, 시부시 시청에는 갈 수 없어요. 그러니까 부탁해요, 선배!"

그 아이는 마치 발음 연습이라도 하는 듯 알 수 없는 대사를 읊었다.

"컷! 좋아, 다음 사람 나와."

미사키 선배는 자료에 메모하고는 다음 사람을 불렀다.

나는 모모카가 우승하기를 바라고 있어.

선배의 말을 떠올리며 나는 마음을 굳게 먹었다.

선배 기대에 부응하는 거야. 그리고 같이 레드 카펫을 걷는 거야.

대부분의 아이는 한마디를 연기하고 끝이었다. 때때로 다시 하는 사람도 있었고, 다른 대사로 추가 연기를 하는 사람도 있었다.

"컷! 다음 사람."

천천히 줄이 짧아졌고, 49번 내 차례가 다가왔다. 눈을 감고 심호흡을 했다. 팽팽해지는 긴장감 속에서 이윽고 나는 카메라 앞에 섰다.

미사키 선배가 모니터를 바라보며 말했다.

"준비됐어?"

"네."

"그럼 시작하자."

렌이 카메라 앞에서 슬레이트를 쳤다.

"레디, 액션!"

숨을 멈춘 채 카메라를 바라보며, 나는 온 힘을 다해 연기했다.

"미안해요, 나는 역시 갈 수 없어요. 그러니까 부탁해요, 선배!"

고요한 정적이 일 초인지 이 초 정도 흐른 뒤, 미사키 선배가 모니터를 바라보며 말했다.

"컷! 음, 모모카. 어깨 힘을 빼고 다시 한번."

"네."

나는 숨을 들이마셨다가 천천히 내뱉었다. 바로 "레디, 액션!"이라는 목소리가 들렸다.

"미안해요, 나는 역시 갈 수 없어요. 그러니까 부탁해요, 선배!"

미사키 선배는 아리송한 표정으로 모니터를 바라보고 있었다.

"컷! 음, 그럼…… 이번에는 후반부 대사만 해 볼까?"

"그러니까 부탁해요! 선배!"

"다시 한번 해 보자."

"그러니까, 부탁해요. 선배!"

미사키 선배가 확신에 찬 얼굴로 말했다.

"좋아. 이제 됐어, 잘 알겠어. 이걸로 카메라 테스트는 끝이구나."

나는 카메라 앞을 떠났다. 렌과 소리마치 선배는 뒷정리를 하고, 미사키 선배는 자료를 들춰 보며 메모를 다시 읽고 있었다.

어땠을까. 연습의 성과가 있었는지 대사를 더듬거리지 않았고, 발성도 좋았던 것 같고, 감정도 실었다. 하지만 평가가 어떨지는 전혀 알 수 없었다.

"다들 기다렸지. 내 영화의 여주인공 후보를 발표할게."

웅성거리던 여자아이들이 순식간에 조용해졌다.

"나는 말이야, 여러분 모두가 좋아. 그래서 고르기 무척 괴로웠지만, 어렵게 세 명의 후보를 뽑았어."

'부탁해요, 선배!' 하고 마음속으로 외치며 나는 두 손을 모아 꽉 부여잡았다.

미사키 선배가 누군가와 눈을 마주치며 호명했다.

"그 세 명 중 한 명은, 우선…… 8번."

다리가 긴 여자아이가 믿을 수 없다는 표정을 짓더니 감정이 북받쳤는지 울기 시작했다.

"그리고 다음은 19번."

이번에는 비율이 좋은 아이가 새된 비명을 지르며 울음을 터뜨렸다. 거의 바닥에 쓰러질 뻔해서 양옆의 친구들이 부축해 주었다.

이, 이제 한 명! 나를 불러줘요, 선배!

"그리고 나머지 한 명. 마지막은 너야. 26번!"

"네, 고맙습니다."

들어 본 적 있는 높은 목소리였다. 살펴보니 등을 꼿꼿하게 편 티아라가 가볍게 인사하고 있었다.

내가…… 아니었어.

티아라는 빙글 뒤를 돌더니, 충격받은 나를 향해 아름다운 얼굴로 의기양양한 표정을 지어 보였다.

"그리고 보결로 세 명."

보결이 있다고? 나는 기대에 찬 눈빛으로 선배를 바라봤다.

"12번하고 31번, 40번."

나는 보결에도 들지 못했어.

"그리고 보결의 보결로 세 명."

보결의 보결? 이번에야말로!

"3번, 14번, 24번."

보결의 보결에도 뽑히지 못한 나는 입술을 깨물며 눈물을 삼켰다.

"마지막으로 나머지는 모두 보결의 보결의 보결이야."

보결의 보결의 보결. 그런 내게 레드 카펫은 꿈같은 이야기다. 너무나도 먼 꿈.

"다들 고마워. 내일은 연기 레슨을 할 테니까 또 이 교실로 모여 줘. 뽑히지 못한 사람도 와도 돼. 오늘 일정은 끝이지만, 도키야가 영화에 대해서 이야기해 줄 테니까 듣고 싶은 사람은 듣고 가. 그럼 도키야, 부탁해."

소리마치 선배가 안경을 치키며 이야기를 시작했다.

"아까 얘기한 가공의 감독 앨런 스미시 말인데, 일본 작품에서도 그런 이름을 발견할 수 있어. 그 또한 가공의 감독인데……."

여자아이들은 줄줄이 시청각실을 빠져나갔다. 충격으로 기운이 쭉 빠진 나는 그 자리에 멍하니 서 있었다. 미사키 선배는 출구에서 "오늘은 고마웠어" 같은 인사를 하며 여자아이들을 배웅했다. 때때로 기념 촬영을 부탁받으면 같이 사진을 찍기도 했다.

"모모가와라, 괜찮아?"

렌이 말을 걸었지만 대답할 수가 없었다. 나는 시청각실에서 나가려고 비틀비틀 문 쪽으로 향했다. 문 쪽에 있던 미사키 선배가 말을 걸었다.

"모모카, 아쉽지만 너한테는 아직 일렀던 것 같아."

나는 목소리를 쥐어짜서 물었다.

"저기…… 저, 뭐가 문제였나요?"

"모모카는 발성도 발음도 좋았어. 연습 많이 했다는 거 바로 알겠더라."

"그럼 어째서……."

미사키 선배는 안타까운 표정을 지으며 말했다.

"하지만 뭔가 얄팍하다고 할까……. 카메라를 통해서 보니까, 뭔가 느낌이 딱 오지 않았어. 솔직히 말하자면 **너는 연기가 안 맞아. 재능이 없어.**"

재능이 없다니……. 이렇게까지 대놓고 말하는 걸 보면 정말 그런 거겠지.

"모모카한테서는 특별함을 느꼈는데 말이야. 뭐랄까, 평범한 인간이 아닌 것 같다는 느낌 말이야."

그건 그냥, 내가 도깨비라서…….

"그래도 영화부에는 들어오도록 해. 나는 누구라도 환영이니까."

눈물이 나오는 걸 보이고 싶지 않아서, 나는 꾸벅 인사하고 그대로 도망치듯 시청각실을 빠져나와 달렸다.

10. 도깨비니까

조개가 되고 싶다…….

나는 방에 틀어박힌 채 이불을 뒤집어쓰고 훌쩍훌쩍
울었다.

도깨비가 꽃미남 왕자랑 사랑을 하다니, 애초에 무리
였어. 배우가 된다든가, 레드 카펫을 걷는다든가, 화려한
고등학교 생활이라든가. 그런 것들은 곱슬머리 도깨비에
게는 꿈도 꿀 수 없는 일인 거야. 이대로 조개처럼 뚜껑을
꽉 닫고 계속 처박혀 있고 싶어. 조개가 된 채로, 땅에 묻
혀 화석이 되고 싶어…….

아빠가 불러도 방에서 나가지 않은 채 고양이 도라고

로에게만 이야기했다.

"도라고로. 나 말이야, 안 되겠어. 아무것도 할 기운이 안 나."

엉엉 울음을 터뜨리는 나를 향해 도라고로가 야옹 하고 울었다.

다음 날 아침, 너무 울어서인지 머리가 조금 아팠다. 하지만 어차피 토요일이라 학교도 쉬는 날이었으므로, 나는 줄곧 방에 틀어박혔다.

계속 아무것도 먹지 않은 탓에 저녁이 되자 배가 고팠다. 부엌에 가서 뭘 먹어야겠다고 생각했지만 몸을 움직일 기운이 없었다. 밖에서 계단을 올라오는 발소리가 들렸다. 이윽고 문을 노크하는 소리와 함께 리리카의 목소리가 들려왔다.

"언니, 살아 있어? 괜찮으면 들어갈게."

"응……."

방에 들어온 리리카가 내 얼굴을 보고 한심하다는 듯 말했다.

"언니, 지금 완전히 눈 부은 빨간 도깨비 꼴이야."

"맞아. 나 같은 건 역시 도깨비일 뿐이야."

"무슨 소리야, 원래 도깨비잖아. 언니가 제일 좋아하는
사각김밥 잔뜩 만들어 왔어. 명란젓이랑 치즈랑 햄이랑 삶
은 달걀 넣어서. 차도 있어."

나는 이불 위에서 차를 한 모금 마신 뒤 평소보다 훨씬
큰 사각김밥을 향해 손을 뻗었다.

몇 입 베어 물고는 심드렁하게 웅얼거렸다.

"고마운데 내용물이 너무 많아서 무슨 맛인지 모르겠
어."

리리카가 의자에 털썩 앉으며 대꾸했다.

"배부른 소리 하지 마."

"있잖아……. 넌 음악부에 들어간 거야?"

리리카가 의자를 빙글 돌리면서 말했다.

"들어갔지. 벌써 밴드도 꾸렸는걸. 밴드 이름은 '도깨비록'이야."

리리카는 둥둥 탁, 둥둥 탁, 하고 중얼거리면서 드럼 치는 시늉을 했다.

"아니, 이름이 왜 그래? 넌 학교에서 도깨비라는 걸 숨기지 않는 거야?"

"딱히 안 숨기는데. 드럼 치면 흥분해서 뿔이 튀어나오기도 하니까."

"진짜?"

말하면서 나는 볼이 미어지도록 사각김밥을 쑤셔 넣었다. 나는 리리카만큼 자유롭게 행동할 자신이 없다.

"우리 목표는 갸루(일본에서 유행한 독특한 화장을 한 여성을 말함)가 되는 거야. 앞으로 도깨비 갸루가 유행할까 싶어서. 눈에는 도깨비 컬 속눈썹도 짱짱하게 붙이고."

도깨비 갸루, 도깨비 컬……. 리리카는 초등학생 때부터 자유분방한 아이였다. 평소에도 남자아이들을 거느리고, 아무도 지나가지 못하는 터널에 담력 훈련을 하러 가거나 강에 물고기를 잡으러 가기도 했다.

"넌 네가 도깨비라는 게 싫지 않아? 도깨비라서 좋다고 생각해?"

리리카는 고개를 갸웃하며 말했다.

"음, 도깨비라서 좋다기보다는…… 난 원래 도깨비고, 그게 내 한 부분이니까. 그런 내가 그렇게 싫지는 않아. 언니는 스스로가 싫어?"

"그런 건 아니지만."

"도깨비도 좋지 않아? 도깨비 록도 멋지고, 도깨비 갸루도 먹힐 것 같고, 언니는 도깨비 소녀 어때? 그런 것도 귀엽겠다."

"그렇지만 다들 도깨비를 무서워하고, 결국 모모타로에게 퇴치당하잖아."

아하하, 하고 웃으며 리리카는 일어섰다.

"요즘 세상에 특별히 난폭한 짓을 하는 게 아니라면 무서워하는 사람은 없어. 게다가 아빠가 그러는데, 모모타로는 도깨비를 퇴치한 게 아니래."

"그게 무슨 말이야?"

"아빠한테 물어봐. 아빠가 언니 걱정하더라. 밥도 안 먹고 실연이라도 당한 걸까, 그러면서."

리리카는 웃음을 지으며 내가 깨끗하게 비운 접시를 들고 방을 나갔다.

밤이 되어 거실에 내려가니, 뿔을 내놓은 아빠가 혼자 술을 마시고 있었다. 이럴 때는 뿔이 나와 있어도 나도 뭐라고 하지 않는다. 왜냐하면 아빠는 이럴 때마다 히토미, 하고 엄마 이름을 중얼거리며 조용히 흐느끼곤 하니까.

"모모카, 무슨 일이야? 이제 몸은 괜찮아?"

"응."

빨개진 얼굴로 나를 바라보는 아빠에게, 걱정 끼쳐서 미안하다는 생각이 들었다. 쑥스러우니까 말로 하지는 못하지만……

"혹시 학교에서 괴롭힘을 당하는 거면 아빠가……"

"아니, 그런 거 아니야. 그보다 아빠. 리리카한테 들었는데, 모모타로가 도깨비를 퇴치한 게 아니라면서?"

내가 아빠 앞에 앉자, 아빠가 오징어 다리를 하나 건네며 진지한 얼굴로 말했다.

"아아, 그 이야기 말이구나. 그건 그러니까…… 다들 알고 있는 모모타로 이야기는, 나중에 누군가가 상황에 맞춰 지어낸 이야기라는 말이야. 진짜 이야기는 따로 있어. **모모타로는 도깨비 섬에 도깨비를 퇴치하러 간 게 아니야. 어머니를 찾으러 간 거야.**"

"뭐? 진짜?"

"개나 원숭이, 심지어 꿩이 도깨비를 어떻게 퇴치할 수 있겠니? 그건 말이야, 어머니를 찾기 위해서 냄새를 잘 맡는 개가 필요했던 거고, 하늘을 수색하기 위해서 꿩이 필요했던 거야."

"그럼 원숭이는?"

"원숭이는 나무 위를 올라가기 위해서지. 단서인 복숭아나무를 살펴볼 필요가 있었으니까."

아빠는 술을 한 잔 들이켰다.

"물론 처음에는 싸움도 했지. 하지만 엄청나게 친해져서 금방 둘도 없는 친구가 됐어. 도깨비도 같이 모모타로의 어머니를 찾았는데, 결국 발견하진 못했지만 모모타로는 3년 정도 도깨비 섬에서 살았어. 하지만 모모타로는 할머니랑 할아버지가 걱정된다고 해서…… 그래서 헤어질 때 도깨비는 보물을 줬지."

"모모타로랑 도깨비가, 둘도 없는 친구."

거짓말 같아. 그렇다면 왜 도깨비는 인간한테 미움을 받는 거지? 이 이야기가 진실일까?

"그렇다니까. 엄마, 아빠랑 똑같아. 엄마는 인간이고 아빠는 도깨비지만, 우리는 계속 사이가 좋았어. 엄청나게 좋았지. 모모타로랑 도깨비도 똑같아. 도깨비 처지에서 보면 모모타로는 인간과 도깨비를 이어 준 영웅이었어."

아빠는 코를 훌쩍하고는 엄마의 영정 사진을 향해 말을 걸었다.

"그치, 히토미. 이 아이도 모모타로 같은 존재가 되길 바란다면서, '모모카'라는 이름을 붙인 거잖아."

모모타로는 인간과 도깨비를 이어 주는 영웅. 모모카라는 이름은 모모타로에서 따온 이름…….

"그런 거야, 엄마?"

사진 속의 엄마가 부드럽게 웃으며 고개를 끄덕이는 것 같았다.

월요일 방과 후, 나는 망설이다 영화부실로 향했다.

"그럼 다들, 촬영 전에 우선 영화 공부하자. 도키야, 부탁해."

미사키 선배가 부르자 소리마치 선배는 안경을 번뜩이며 영화 지식을 늘어놓기 시작했다. 고다르인지 고구마인지, 누벨바그인지 햄버거인지 하는 이름이 이어지는 가운데, 내 앞에 앉은 여자아이들이 소곤소곤 이야기를 나눴다.

"나, 다음 주에 미사키 선배랑 데이트한다!"

"잠깐, 어떻게? 이번 달은 내가 여자친구인데."

"뭐, 어때. 어차피 다음 달이면 내가 여자친구인데."

"안 돼! 이번 달은 나잖아. 너는 다음 달이고."

"저기, 나는 2월 여자친구인데 28일밖에 없으니까 손해 아니야?"

"제비뽑기로 정했으니까 어쩔 수 없잖아."

무슨 소리지……. 매달 다른 여자아이랑 사귄다는 뜻인가? 미사키 선배의 여자친구는 당번제인 거야?

내 안에서 무언가가 차갑게 식는 느낌이 들었다. 반짝

거리던 미사키 선배의 이미지가 와르르 무너져 내렸다.

미사키 선배는 그냥 예쁜 여자를 밝히는 거였어.

생각해 보니, 주연으로 뽑힌 여자아이들도 스타일이 좋은 아이와 비율이 좋은 아이와 미인인 티아라 셋이다. 연기와는 상관없이 그냥 외모만으로 고른 게 아닐까.

앞자리 여자아이들 사이에서 점점 더 불꽃 튀는 언쟁이 벌어졌다.

"미사키 선배가 나한테 먼저 말을 걸어 줬다고."

"아니, 내가 먼저 눈이 마주쳤어!"

"난 어제 선배네 집 앞까지 가 봤는데?"

미사키 선배가 여자아이들 틈에 끼어들었다.

"잠깐, 얘들아. 정말 난처하네. 나 때문에 싸우지 마. 너희 모두 여자친구가 되고 싶다고 해서 공평하게 제비뽑기로 순서를 정한 거잖아."

"선배는 가만히 있어요!"

"어? 지금 너 정신없는 틈을 타서 나의 미사키 님을 만졌지!"

"잠깐! 나의 미사키 님이라니 무슨 소리야?"

옆쪽에서 크게 한숨을 쉬며 한심하단 투로 "정말이지

못 봐 주겠군" 하고 중얼거린 티아라가 갑자기 일어서더니 소리마치 선배에게 질문했다.

"잠깐 질문 있는데요, 요전에 있던 아오쓰키 렌은 안 오나요?"

"렌은 오디션까지만 미사키를 돕기로 한 거야. 그림 콘티를 그리고 로케이션 헌팅에 협력해 줬지. 지금은 자기 영화를 준비하고 있어. 스태프가 없으니까 후루사토 영화제까지는 맞추지 못하겠지만 말이야. 역시 영화라는 것은 사람이……."

티아라가 소리마치 선배의 말을 자르며 대답했다.

"그만둘게요. 죄송해요. 저는 애초에 배우 지망이 아니라서요."

티아라가 바로 일어나서 나가자 모두 말없이 눈치 보기만 했다.

그러다 누군가가 무언가를 깨달은 듯 소리를 높였다.

"아앗!"

"그럼 나 보결이니까, 이제 내가 여주인공이야!"

"아니, 나도 보결이거든!"

보결 세 명 사이에서 언쟁이 시작됐다.

하지만 그것도 보결의 보결의 보결인 나와는 상관없는 일이었다.

11. 잘 부탁해, 감독

다음 날, 영화부 모임은 빠지기로 했다. 어차피 내게 역할이 올 것 같지도 않으니, 시청각실에 가 봤자 의미가 없었다. 대신 나는 도서실로 향했다. 한 가지 신경 쓰이는 일이 있었기 때문이다. 나는 도깨비에 대해서 아무것도 모른다. 아빠한테 모모타로 이야기를 들은 뒤로, 도깨비에 대해 알고 싶어서 조사해 보기로 했다.

학교 건물 1층 서쪽에 있는 도서실은 아마 학교에서 가장 조용한 장소일 것이다. 살며시 문을 열었지만 역시 아무도 없었다. 그렇게 생각했는데 딱 한 사람, 누군가 컴퓨터 앞에 앉아 있었다. 정신없이 작업에 열중하고 있는 뒷

모습이 왠지 낯익었다. 저 모습은…… 아오쓰키 렌이다. 그냥 돌아갈까 하다가 조용히 서가 쪽으로 갔다. 컴퓨터 가 설치된 장소는 서가와 열람 공간에서 머니까 내 존재 를 들킬 일은 없을 것이다.

내가 찾는 분야는 향토, 문화, 역사 분야였다. 걸어가면 서 책장을 훑으니, 금세 『가와치나가노 도깨비 문화사』라 는 책을 발견할 수 있었다. 손에 들고 책장을 넘겨 보았다. 차례 부분에 들어 본 적 있는 단어가 군데군데 보였다. 사 회 시간에 배운 '위지 왜인전'이라는 단어가 눈에 띄어, 그 부분이 시작되는 페이지를 펼쳤다.

아주 먼 옛날, 일본에 온 사람이 썼다는 『위지 왜인전』 에 따르면, 야마타이국이라는 나라에 히미코라 불리는 여 왕이 있었다. 여왕은 귀도, 즉 사람을 현혹시키는 도깨비 의 힘으로 나라를 다스렸다고 한다. 내가 지금 살고 있는 가미가오카는 옛날에 도깨비가 사는 마을이란 뜻의 오니 스미촌이라 불렸다. 그러니 어쩌면 야마타이국이라는 곳 은 이 부근이었을지도 모른다. 그리고 히미코는 진짜 도 깨비였을지도…….

"저기, 그 책……."

"으악!"

정신없이 읽느라, 렌이 가까이 다가온 줄도 몰랐다.

"으악이라니……. 뭐, 됐고. 그 책 잠깐 봐도 돼?"

"무, 물론이지."

나는 밀어내듯이 책을 렌에게 건넸다.

"따, 딱히 내가 도깨비라서 이 책을 읽는 건 아니야!"

"알아."

렌은 팔락팔락 책을 넘기며, "그렇구나, '귀도'라고 하는구나" 하고 중얼거렸다.

"저기, 관심이 있어서 물어보는 건 아닌데 뭘 조사하는 거야? 넌 네 영화를 만든다고 소리마치 선배가 그러던데."

고개를 든 렌이 내 얼굴을 봤다.

"맞아. 지금 「늑대 남자와 도깨비 여자」라는 각본을 쓰고 있는데, 최종 확인을 하고 있어."

"「늑대 남자와 도깨비 여자」?"

"응. 엄청나게 좋은 각본이 나올 것 같아. 정말로."

"자기가 쓴 각본이 엄청나게 좋다니, 자화자찬 아냐?"

"그게 아니라, 「늑대 남자와 도깨비 여자」라는 원작이 굉장해. 나는 그걸 꼭 영화로 만들고 싶어서 봄방학부터 계속 각색 작업을 했어. 아직 어설픈 부분도 있지만, 나름대로 원작의 장점을 끌어낼 수 있도록 공부도 하면서."

"원작이라는 건…… 소설이야? 누가 쓴 건데?"

"정확히 소설은 아니지만, 이거야."

렌은 가지고 있던 낡은 노트를 보여 주었다. 표지에 '늑대 남자와 도깨비 여자'라 적혀 있었고, 그 안에는 글자가 빼곡하게 적혀 있었다.

"작가는 도라 고로 씨야. 그게 누구인지는 모르지만."

"도라 고로?"

도라 고로라면, 우리 고양이와 이름이 같다. 아빠가 지은 이름인데, 처음에는 그저 그랬지만 도라고로, 도라고로, 하고 부르다 보니 점점 정이 갔다.

"아버지 방에서 이 노트를 발견했어. 아버지는 이걸 '환상의 원작'이라고 했어. 자기는 이제 절대 찍을 수 없다면서. 그럼 내가 찍게 해 달라고 부탁해서 아버지한테 허락받은 거야."

"네 아버지라면?"

"영화감독이셔."

렌은 아오쓰키 시노부라는 아버지의 이름을 알려 주

었다. 그분이 연출한 작품 중에는 〈당신이 여기 있었으면 해〉〈그때 시작된 모든 것〉 등 내가 아는 것도 있어서 깜짝 놀랐다.

"그렇게 유명한 감독인 아버지가 찍을 수 없는 환상의 원작이라니, 무슨 뜻일까?"

"이유는 알려 주시지 않았어. 하지만 아버지가 찍을 수 없다면 더더욱 내가 찍고 싶어. 아버지를 넘어서고 싶다는 건 아니고, 이 훌륭한 원작으로 영화를 만들어 보고 싶은 거야."

나는 내심 놀라워하며, 열정적으로 이야기하는 렌을 바라보았다. 평소에는 무뚝뚝하고 퉁명스러운 녀석인데, 영화 얘기가 나오면 완전 딴사람이 되는구나.

렌은 나를 똑바로 바라봤다.

"혹시 괜찮다면 내가 쓴 각본을 읽어 봐 줄래?"

"뭐…… 그래도 되겠지."

"그래, 그럼 부탁할게. 오늘 중으로 완성해서 내일 여기로 가져올 테니까."

"응, 알겠어."

내 대답에 렌은 기쁜 듯이 웃었다. 서가까지 깊숙이 들어

온 오후 햇살이 눈부셔서, 나는 몇 번이나 눈을 깜박였다.

다음 날 방과 후, 도서실에 가니 렌이 먼저 와 있었다. 렌은 초조해하며 클립으로 묶은 종이 다발을 내밀었다. 표지에는 "'늑대 남자와 도깨비 여자' 원작 도라 고로, 각본 아오쓰키 렌"이라고 인쇄되어 있었다.

"여기, 인쇄해 왔어. 나는 어디 좀 갔다가 나중에 다시 올게. 읽는 데 몇 분이나 걸릴 것 같아?"

"금방 읽을 테니까 여기 있지 그래?"

"아니, 그렇지만 그건 좀……."

평소답지 않게 우물쭈물하는 걸 보니 아무래도 바로 눈앞에서 읽는 것이 쑥스러운 모양이었다.

"앞으로 감독이 되면 이런 일이 잔뜩 있을 거잖아?"

"아! 듣고 보니 그러네. 익숙해져야겠군……. 그럼 여기 있을 테니까 읽어 봐."

렌은 내게서 조금 떨어진 의자에 앉았다. 늘 기고만장하던 렌이 얼굴까지 살짝 붉히자 우스웠다.

자, 대체 어떤 이야기일까. 나는 페이지를 넘겼다. 「늑대 남자와 도깨비 여자」라니, 나는 진짜 도깨비니까 냉정하게 평가할 거라고 생각하면서.

각본은 도깨비 여자인 사쿠라와 늑대 남자인 진이 사랑에 빠지는 이야기였다.

옛날 옛적에 마을에서 조금 떨어진 산에 사쿠라라는 이름의 도깨비 여자가 살고 있었다. 어느 날 사쿠라는 산속에서 상처 입은 남자를 발견했다. 진이라는 이름의 남자는 눈을 다쳐 아무것도 보지 못했고, 사쿠라는 그를 정성껏 보살폈다.

사쿠라는 진을 좋아하게 되었지만, 도깨비인 자신의 모습을 보이기가 두려웠다. 그래서 진의 상처가 나았을 때, 사쿠라는 몸을 숨겼다. 붕대를 푼 진은 삼일 밤낮으로 사쿠라를 찾아 헤맸지만, 결국 포기하고 산을 내려갔다.

사쿠라는 진을 생각하며 이따금 마을로 내려가 먼발치에서 그를 바라보았다. 하지만 자신의 모습을 드러낼 용기는 없었다. 그러던 어느 날, 사쿠라는 예로부터 전해 내려오던 도깨비 일족의 비술을 알게 되었다. 그 비술을 쓰면 도깨비는 인간의 모습으로 변할 수 있었다. 단, 비술에는 한 가지 제약이 있었다.

만일 누군가가 비술 쓴 자의 목소리를 듣는다면, 그 즉시 도깨비의 모습으로 돌아오게 되고 두 번 다시 인간의 모습이 될 수 없다. 즉, 진과 만나도 결코 말을 할 수 없다는 뜻이었다.

사쿠라는 그래도 좋았다. 진에게 다가갈 수만 있다면……. 사쿠라는 자신의 목소리를 버리기로 결심하고 비술을 사용했다. 인간의 모습으로 변한 사쿠라는 진과 재회했다. 그리고 두 사람의 사이는 점점 가까워졌다.

진이 다정하게 말을 걸면, 사쿠라는 몸동작이나 손동작, 필담으로 대답했다.

한편 진에게도 사쿠라에게 말할 수 없는 비밀이 있었다. 진은 사실 늑대 인간이라서, 보름달을 보면 늑대 괴물로 변하고 만다. 그렇게 되면 이성을 잃어버리고, 그의 귀에는 자신이 사랑하는 사람의 목소리밖에 닿지 않는다. 다행히 보름달만 보지 않으면 괜찮기 때문에 밤에 밖으로 나가지만 않으면 되었다.

그러던 어느 날, 사쿠라를 연모하던 마을 사람이 진을 계략에 빠뜨리려고 했다.

"오늘은 예쁜 초승달이 떴네."

집 안에서 그 소리를 들은 진은 초승달이라면 괜찮겠다 생각하고 밤하늘을 올려다봤다. 하지만 하늘에 뜬 것은 보름달이었다. 보름달이 진의 눈동자를 비추자, 진은 순식간에 늑대의 모습으로 변했다. 이성을 잃은 진은 마을에서 난동을 피우기 시작했다.

사쿠라는 목소리를 내서 진을 잠재우려고 했다. 자신의 목소리라면 진에게 닿으리라 생각했지만, 비술이 풀려 도깨비로 돌아가는 것이 무서워 망설였다. 급기야 진이 마을 사람들을 해치려고 하자, 사쿠라는 마음을 굳게 먹고 목소리를 냈다.

"그만둬, 진!"

사쿠라의 목소리를 들은 진은 인간으로 돌아왔다. 반대로 사쿠라는 도깨비로 돌아갔다.

각본의 라스트신을 읽으면서, 나는 눈물을 흘렸다. 좋은 이야기였다. 남자 주인공과 여자 주인공의 심정이 절절하게 와닿았다. 각 장면의 정경도 선명하게 그려졌다. 그리고 어째서일까. 그립다……. 이 각본에서 왠지 모르게 그리움이 느껴졌다. 어딘가에서 이 이야기를 읽은 적이 있는 걸까.

손수건으로 눈물을 훔치고 있었더니 렌이 걱정스러운 듯 물었다.

"모모가와라, 왜 그래? 괜찮아?"

"아, 그렇지. 여기 있었구나. 미안."

각본에 몰두한 나머지, 렌이 이곳에 있다는 것조차 잊고 있었다.

"진짜 재미있어. 정말 좋은 각본이야."

환하게 웃으며 일어선 렌이 소리마치 선배처럼 빠른 말투로 말했다.

"정말이야? 고마워. 그리고 기뻐. 난 반드시 이 영화를 만들고 싶어. 가능하면 여름까지 완성해서 후루사토 영화제에 출품하려고 해. 배우도 스태프도 아직 없으니까 힘들겠지만, 도전해 보고 싶어."

렌은 잠시 쉬었다가 말을 이었다.

"저기, 모모가와라는 나를 싫어할지도 모르지만……
괜찮다면, 이 영화의 여주인공을 맡아 주지 않을래?"

"뭐?"

"나는 오니가와라 모모카, 네가 사쿠라를 연기했으면 좋겠어. 아직 스태프도 없고 아무것도 정해지지 않은 영화지만, 여주인공을 할 사람은 모모가와라밖에 없다고 진심으로 생각해."

"그건…… 왜?"

내가 진짜 도깨비라서 그렇게 생각하는 걸까.

"모모가와라의 연기가 마음에 들어. 각본을 쓰면서 깨달았어. 무심코 네가 연기하는 모습을 상상하면서 썼어. 정말로."

"내 연기라니. 오디션에서는 보결의 보결의 보결이었는데."

"맞아. 그 연기는 확실히 꽝이었지."

"어?"

칭찬하는 줄 알았더니 그렇지도 않았다.

"그때가 아니라, 다키하타댐 위에서 했던 연기 말이야."

다키하타댐. 그날, 이른 아침에 다키하타댐에서 있었던 일을 나는 떠올렸다.

난 내가 태어난 이 마을이 정말 좋아!

나는 렌의 부탁으로 그 대사를 읊었다. 댐 위에서 아침햇살에 빛나는 호수를 바라보면서. 두 연기의 차이는 솔직히 잘 모르겠지만, 나는 짐짓 허세를 부렸다.

"아아, 그때 연기 말이구나. 그 연기가 좋았다고 말해 줬으면 오디션에서도 보여 줬을 텐데 말이야. 나는 언제든지 그렇게 할 수 있거든."

렌은 진지한 표정으로 말했다.

"댐에서 보여 준 연기는 굉장히 좋았어. 나는 그때의 모모가와라랑 팀을 꾸리고 싶어. 그러니까 나랑 같이하지 않을래? 나는 아직 미숙한 감독일지 모르지만, 너와 함께 이 영화를 만들고 싶어."

렌은 영화에 관해서 만큼은 진지한 녀석이다. 렌의 열정적인 눈빛에 가슴이 두근거렸다. 그리고 그 열의에 이끌리듯, 나는 고개를 끄덕였다.

"응. 한번 해 보지, 뭐."

"정말?"

"응!"

기쁨으로 환해지는 렌의 얼굴을 보자 나도 덩달아 기분이 좋아졌다.

「늑대 남자와 도깨비 여자」는 정말로 멋진 각본이다. 우리 손으로 이 작품을 영화로 만든다니, 두근거린다. 이 환상의 원작을 영화로 만들어서, 마을에 사는 모두에게 보여주고 싶어!

"그래! 하자, 렌. 같이 만들자!"

나는 처음으로 이 멍청이를 렌이라고 불렀다.

"좋았어! 기왕이면 영화제에 맞출 수 있도록 지금부터 움직이자!"

"그래, 청춘을 불태우는 거야! 나, 할 수 있는 건 뭐든 할게."

"잘 부탁해, 여주인공!"

나는 렌이 내민 손을 힘차게 잡았다.

"잘 부탁해, 감독!"

무심코 도깨비 괴력으로 꾹 쥐었는지 렌이 비명을 질렀다.

"자, 잠깐! 아야! 아파, 아프다고!"

12. 영화가 시작되다

    이튿날부터 매일 영화부실에서 렌과 모임을 가졌다. 앞으로 우리는 협력해 줄 멤버를 찾아야만 했다.

    "배우가 열 명 정도에 스태프는 카메라, 조명, 녹음, 분장, 기술, 제작……. 이게 다 필요해?"

    "감독 이외에 최소한 카메라, 조명, 녹음은 있어야 해. 그리고 이 영화의 경우에는 분장이 꼭 필요하지."

    "그럼 스태프는 네 명이면 된다는 거야?"

    "응, 적어도 **네 명은 있으면 좋겠어**. 스태프기는 하지만 단역으로 출연해 주면 더 좋고."

    영화부는 애초에 가입한 사람이 적은 데다, 지금은 다

들 미사키 선배 영화에 매달리고 있다. 그래서 배우는 연극부라든가, 녹음은 방송부라든가, 이렇게 다른 부의 사람들에게 도와달라고 할 수밖에 없었다.

"카메라는 역시 경험자가 좋으니까 소리마치 선배한테 부탁해 보려고. 그 선배는 기술 쪽에도 경험이 있거든. 미사키 선배 영화와 병행해야 하니까 일정이 빡빡하겠지만."

"그렇구나. 그럼 나머지 사람들을 지금부터 찾아올게. 렌은 그림 콘티 힘내!"

"뭐? 잠깐 기다려."

렌의 목소리를 뒤로한 채 나는 부실을 뛰쳐나왔다. 렌은 로케이션 헌팅도 하고 영상의 설계도 같은 그림 콘티도 그려야 하니까 그사이에 내가 멤버를 찾으면 된다.

일단 교문에 서서 지나가는 학생들에게 하나하나 말을 걸었다.

"실례합니다, 영화에 관심 있으세요? 혹시 괜찮으시면……."

"영화? 보는 건 좋아하지만 찍는 건 좀."

못 해요, 죄송해요, 하고 말하는 건 그나마 나은 편이고, 대부분은 무시했다. 아무리 거절당해도 여기서 주저앉을 수는 없었다. 하지만 갈수록 지나가는 사람도 뜸해졌다. 다들 집에 돌아갔는지 어느덧 학교에는 아무도 남아 있지 않았다.

큰일이네, 어떡하지. 뭔가 좋은 방법이 없을까.

이때 머릿속에 친구 유키의 얼굴이 떠올랐다. 학교를 나선 나는 자연스럽게 유키의 집을 향했다. 유키네 집은 국수 가게로, 점심과 저녁 사이에는 경단을 판다. 가게 일을 돕고 있던 유키는 내가 불러내자 가게 테이블로 안내해 주었다.

"무슨 일이야, 모모카?"

유키는 경단과 차를 내온 뒤 내 앞에 앉았다.

"그게 저기…… 유키, 항상 부탁만 해서 미안하지만 영화 만드는 거 도와줄 수 있어?"

유키는 경단을 먹으면서 시원스럽게 대답했다.

"그래, 좋아."

"정말? 나야 너무 좋지만, 합창부는 괜찮아?"

"응. 물론 동아리 활동이 있을 때는 안 되지만, 녹음이

나 조명 같은 건 시간이 빌 때 도와줄게. 합창부에 영화음악을 좋아하는 친구도 있으니까, 그 애도 도와줄 수 있을 거야"

"고마워, 유키."

"영화를 만들다니 엄청 재미있을 것 같아. 게다가 모모카랑 같이하면 더 즐거울 것 같고!"

유키는 어쩌면 하늘에서 내려온 천사가 아닐까?

"다른 멤버도 필요하지?"

"응. 카메라는 소리마치 선배한테 부탁할 거고……. 그리고 이 영화는 분장이 중요하대. 늑대 남자와 도깨비 여자로 특수 분장을 해야 하거든. 누군가 할 수 있는 사람이 있으면 좋을 텐데."

유키는 스마트폰을 보며 고개를 갸웃했다.

"으음, 분장이라……. 얘는 어때? 오늘도 엄청 귀엽네. 역시 화장 잘해."

유키가 내민 스마트폰 화면에는 다름 아닌 티아라의 인스타그램이 떠 있었다. 마침 티아라는 사진을 업로드한 참이었다.

"티아라구나! 맞아, 티아라는 확실히 화장을 잘하지!

좋아, 지금 부탁하러 갈래.”

"지금 당장? 그런데 모모카, 티아라랑 싸우지 않았어?”

"그거야 화해하면 되지! 나는 꼭 좋은 영화를 만들고 싶은걸.”

내가 즉시 일어서서 나가려고 하자, 유키가 잠깐 기다리라며 불러 세웠다.

"부탁할 거라면 선물로 경단이라도 좀 가져가. 자, 여기. 꼭 성공해야 해!”

유키는 진지한 표정으로 포장된 경단을 건넸다.

티아라는 가와치나가노에서 유명한 간사이 사이클 스포츠센터라는 곳에서 사진을 업로드했다. 나는 도깨비 파워로 자전거 페달을 밟아 그곳으로 달려가, 매의 눈으로 티아라를 찾았다. 특수 자전거 구역이라는 곳에서 티아라를 발견하고, 밑져야 본전이라는 생각에 단도직입적으로 부탁해 보기로 했다.

"티아라! 저기, 너 화장 엄청 잘하더라!”

"뭐? 갑자기 무슨 소리야. 싸우자는 거야?"

"아니, 그게 아니라 칭찬하는 거야. 넌 항상 눈도 또렷하고 입술도 통통하고, 인스타 사진도 엄청 귀엽잖아. 화장 정말 잘하는 것 같아."

티아라가 입을 삐죽이며 토라진 듯 말했다.

"그러니까 그건 내 얼굴이 원래 귀여워서 그런 거거든! 대체 화장을 칭찬하는 법이 어디 있니? 참, 나! 요전에는 나더러 못난이라고 했으면서."

자기가 먼저 나를 못생긴 도깨비라고 한 건 벌써 잊어버린 모양이다.

"응, 그랬지. 그래도 그건 성격이 그렇다는 뜻이었지, 얼굴이 못났단 뜻은 아니었어. 오히려 엄청 귀여워! 화장도 무지 잘하고!"

"그건 그렇지. 맨얼굴도 귀엽고, 화장도 열심히 연구해서 확실히 잘하긴 하지."

티아라는 '성격이 못났다'라는 말은 마음에 담아 두지 않고, 맨얼굴과 화장을 칭찬받자 기분이 풀어진 듯했다. 의외로 순진한 면이 있을지도…….

"혹시 괜찮으면 그 화장 실력을 살려서 우리가 만드는

영화에 협력해 주면 좋겠는데…….”

그때 우리 앞으로 빨간 하트 모양의 특이한 자전거가
지나갔다.

“영화? 그건 안 할 거야. 그런 구닥다리 동아리는 질색
이야.”

“구닥다리 아니야! 감독인 렌은 진심이야. 나도 진심이
고. 도와줄 사람도 있어! 다들 청춘을 불태우면서 영화를
만들려고 하고 있다고.”

티아라의 눈썹이 움찔했다.

“렌이…… 감독?”

“응. 사실 협력해 줬으면 하는 건 렌의 영화인데…….
확실히 렌은 눈매도 성격도 나쁘고, 여자아이라면 누구나
매너라고는 밥 말아 먹은 그런 남자애는 싫어하겠지만.
그래도, 그래도 말이야, 티아라. 렌은 영화에 관해서만큼
은 정말로 진심이야. 용서해 줘!”

티아라가 커다란 눈을 더욱 크게 떴다.

“렌은 딱히 눈매도 성격도 나쁘지 않거든!”

“앗, 그래?”

티아라는 렌을 별로 싫어하지 않는 모양이었다.

"아무튼 렌이 이 영화에는 분장이 중요하다고 했거든."

"렌이 그랬단 말이지. 흐음…….'"

갑자기 티아라가 안절부절못하며 스마트폰을 꺼내더니 나에게 화면을 보여 주었다.

"와, 굉장하다!"

스마트폰 화면에는 티아라의 메이크업 사진이 즐비했다. 청순 메이크업, 화려한 메이크업 그리고 핼러윈 때 마녀 분장처럼 특수 메이크업 같은 것도 있었다.

"나는 메이크업에 관한 책을 읽고 공부도 하거든. 나중에는 패션계에서 일하고 싶은 생각도 있고."

"그렇구나. 그럼 역시 렌의 영화 작업 같은 건 도와줄 수 없겠지…….'"

내 어깨가 축 처졌다. 그런데 티아라가 갑자기 야무진 얼굴로, 내가 가지고 있던 경단을 가리키며 말했다.

"아니, 딱히 그런 뜻은 아니야. 근데 오니가와라! 나 말이야, 갑자기 지금 당장 경단이 먹고 싶어졌거든. 그러니까 그거 하나 주면 분장 맡을 수도 있는데. 렌이 있으니까 하고 싶다는 건 절대 아니고."

"그래도 돼? 정말?"

"그야 하는 수 없지, 지금 꼭 경단이 먹고 싶으니까."

내게서 빼앗듯이 경단을 가져간 티아라가 히죽 웃으며 경단을 베어 물었다.

다음 날, 영화부실에 유키와 티아라를 데려가자 렌의 눈이 휘둥그레졌다.

"벌써 둘이나? 우사미도 마쓰마루도 정말 도와주는 거야?"

"응, 나야말로 잘 부탁해."

밝게 대답하는 유키에 이어 티아라도 작은 목소리로 말했다.

"레, 렌한테 도움이 된다면 여, 열심히 해 볼게."

"고마워, 마쓰마루."

렌이 어깨를 툭 치자 티아라의 볼이 금세 붉어졌다.

"그리고 모모가와라. 카메라는 소리마치 선배가 도와주기로 했어."

"정말? 잘됐다!"

"선배도 도깨비를 좋아하는 것 같고, 각본도 마음에 든대. 시간이 빌 때 최우선으로 협력해 주기로 했어."

티아라가 기분 나쁜 듯한 얼굴로 말했다.

"소리마치 선배라면, 그 덕후 같은 사람 말이지?"

렌이 진지한 말투로 대답했다.

"하지만 그 선배, 카메라 기술은 정말 굉장해. 영화에도 박식하고 믿음직한 사람이야."

"으응, 그렇지. 나도 그렇게 생각했어"

티아라는 몇 번이나 고개를 주억거렸다.

"그러니까 지금 상황으로는 소리마치 선배 일정에 맞춰서 촬영 계획을 짜야 해. 여주인공만 찍는 신은 당장이라도 찍을 수 있으니까, 그걸 진행하면서 동시에 진 역할이나 다른 역할도 찾아서……."

"그렇구나. 그럼 크랭크인(촬영 시작)은 언제 할까?"

그 뒤 우리는 머리를 맞대고 촬영 일정을 짰다. 우선 크랭크인은 이번 주 토요일이 괜찮을 것 같았다.

"그럼 이제 촬영에 필요한 물건들을 검토해 보자. 이를테면 기모노는……."

"아마 연극부에서 빌릴 수 있지 않을까?"

"그렇지, 부탁해 볼게. 그리고 피라든가, 늑대 남자의 털이라든가, 도깨비 뿔 같은 소품들은 어디서 찾지?"

"저기, 렌이 원한다면 내가 재활용 센터에서 찾아볼 수 있는데."

"오! 마쓰마루, 부탁해도 될까?"

"응. 혹시 괜찮다면 렌도 같이 사러……."

모기 소리만큼 작은 티아라의 목소리를 듣지 못했는지, 렌은 말을 이었다.

"남은 건 캐스팅인데, 마을 사람 A랑 B는 우사미랑 마쓰마루한테 부탁해도 될까?"

"응, 좋아."

"렌이 원한다면 나는 뭐든지 할게."

여자 마을 사람은 유키와 티아라가 맡고, 남자 마을 사람은 렌이 친구들에게 부탁하기로 했다.

"이렇게 다 같이 무언가를 만드는 건 역시 즐겁네!"

"응. 이제부터가 시작이지만 말이야."

집으로 돌아가는 길에, 유키와 앞서거니 뒤서거니 자전거 페달을 밟으며 이야기를 나누었다. 그러다 상대방에게 들리지 않을까 봐, 무심코 목소리가 점점 커졌다.

"아까 말이야, 티아라가 왜 분장을 맡았는지 속이 빤히 보였지?"

"경단 먹고 싶어서 그랬다고 했잖아?"

앞서 가던 유키가 끼익, 하고 브레이크를 잡으며 돌아보았다. 나도 황급히 자전거를 세웠다.

"아니, 모모카는 왜 이렇게 둔해?"

"갑자기 무슨 소리야?"

"티아라는 아오쓰키를 좋아하니까 분장을 맡은 거야. 엄청 티 났잖아!"

"헉, 그런 거야?"

유키는 어이없다는 표정으로 한숨을 쉬었다.

"모모카, 둔한 것도 정도가 있지. 그런데 괜찮아? 어쩐지 모모카랑 아오쓰키도 부쩍 가까워진 느낌이었는데."

"어? 괜찮고 뭐고, 난 딱히 상관없는데."

"그래? 뭐, 모모카가 그렇게 말한다면 괜찮지만."

여러 가지 일이 있었던 4월이 끝나고, 5월도 이미 중순으로 접어들었다. 저녁노을이 자전거 페달을 밟는 우리의 그림자를 길게 드리웠다.

13. 진실을 말하다

나는 간신지 절 앞의 돌계단을 뛰어 올라가 외쳤다.

"난 인간이 되고 싶어! 설령 이 목소리를 잃는다 해도!"

하아, 하아, 하아. 호흡이 가빠졌다. 5월의 바람이 내 머리칼을 흩날렸다. 이 초, 삼 초. 도깨비 여자가 소원을 비는 마음으로 나는 계속 앞을 바라보았다.

"컷!"

렌의 목소리가 들리고 그 신의 촬영이 끝났다. 유키가 마이크를 단 기다란 봉을 내리고, 티아라가 반사판을 내려놓았다. 렌과 소리마치 선배는 방금 찍은 신을 모니터로 확인하기 시작했다. 벌써 다섯 번이나 똑같은 신을 찍었는데 방금 건 어땠을까.

렌이 만족스러운 표정으로 말했다.

"응, 오케이. 수고했어."

그제야 나는 안도의 한숨을 쉬었다.

요즘 촬영은 순조롭게 진행되고 있었다. 막 크랭크인을 했을 즈음엔, 나는 완벽한 연기를 한 것 같은데 렌이 고개를 갸웃하며 좀처럼 오케이 사인을 주지 않아 답답했다. 어떻게 하면 좋을지 누군가에게 상담을 해도 답은 나오지 않았지만, 소리마치 선배와 이야기를 나눠 보니 조금 알 것 같은 기분이 들었다.

"연기에는 객관성이 필요해. 만일 오니가와라가 팜 파탈을 연기한다고 치자. 남자는 팜 파탈이란 마성의 여자에게 운명적으로 이끌리지만, 팜 파탈은 남자를 파멸시키는 캐릭터로……."

"저기, 지금 선배가 무슨 소리를 하는지 모르겠는데요. 저는 어떻게 하면 연기를 잘할 수 있을지 알고 싶다고요."

"아, 그랬지."

소리마치 선배는 안경을 쓱 치켜 올리며 나를 슬쩍 보

았다.

"오니가와라는 오늘부터 연기 금지야."

"엥? 무슨 소리예요?"

"넌 항상 연기를 잘해야겠다고 생각하잖아? 그럼 안 돼. 카메라 앞에서는 오로지 진실만을 말해야 해."

"진실을 말인가요……."

"그래. 나는 내 카메라로 너의 진실을 찍고 싶은 거야."

안경 너머로 보이는 소리마치 선배의 눈은 무척이나 맑았다.

그 뒤로 계속 생각했지만, 진실이란 게 무엇인지 나는 아직 모르겠다. 하지만 이 여주인공이라면 어떻게 느끼고 어떻게 생각할지, 그런 것을 늘 상상하고 생각하게 되었다. 그리고 대본을 몇 번이나 읽고 연습을 되풀이하면서 통째로 외우게 되자, 조금씩이지만 진실에 다가선 기분이 들었다.

이른 아침 다키하타댐에서 렌에게 내가 태어난 이 마을이 정말 좋다고 말했을 때, 나는 연기한다는 의식이 없었다. 그저 이 마을이 좋다고 진심으로 생각해서, 그것을 솔직하게 입으로 옮긴 것이다.

간신지 절에서의 촬영을 끝낸 우리는 기자재를 갖다 두려고 학교로 돌아갔다.

"이제 슬슬 늑대 남자 역할을 정하지 않으면 촬영이 중단될 거야."

유키의 말에 모두 고개를 끄덕였다. 최근에는 소리마치 선배의 스케줄이 거의 매일 비어 있어서, 촬영이 순조롭게 진행되고 있다. 하지만 정작 중요한 '늑대 남자 진 역할을 누가 할지'가 아직 정해지지 않았다.

"후보도 없는 거야?"

소리마치 선배의 물음에 렌이 대답했다.

"네. 연극부에도 스카우트하러 갔는데 괜찮은 사람이 없었어요."

"뭐, 그렇겠지. 주연을 맡기려면 연기에 재능 있고 스타성 있고 가능하면 잘생긴 게 좋은데, 이런 걸 다 갖춘 사람은 드물지."

"역시 미사키 선배를 따라갈 사람이 없죠. 그 선배의 연기는 천재적이니까, 비교하다 보면……."

"난 미사키 선배는 별로던데. 그보다는 렌이⋯⋯."

티아라가 벼룩만 한 목소리로 말했지만 아무도 듣지 못한 것 같았다.

미사키 선배. 얼마 전까지는 그 이름을 들으면 가슴이 쿡쿡 쑤셨지만, 지금은 의외로 멀쩡했다. 영화 제작에 몰두하게 되면서 어느새 아픔을 잊게 된 건지도 모른다.

렌이 난감한 표정으로 말했다.

"양다리를 걸쳐도 좋으니 해 주지 않겠냐고 미사키 선배한테 부탁해 볼까?"

소리마치 선배가 어리둥절해하며 대꾸했다.

"아니, 양다리고 뭐고 **미사키는 얼마 전에 영화부 그만뒀어.**"

"네에?"

폭탄 발언에 우리는 뒤집어질 정도로 놀랐다.

"뭘 그렇게 놀라? 미사키의 영화 제작이 중단됐으니까 내가 지금 이 촬영에 매일 올 수 있는 거잖아."

"그랬어요?"

"그러면 그렇다고 말을 해야죠!"

"맞아요! 왜 그런 중요한 사실을 먼저 말하지 않는 거예요!”

소리마치 선배는 안경을 쓱 치켜올리며 횡설수설 대답했다.

“어, 그래? 중요한 거야? 여자아이들이 미사키를 두고 싸우다가 전쟁이 벌어졌어. 그래서 도저히 영화를 찍을 수가 없어서 영화부 그만두겠다고 하더라.”

시청각실에서 여자아이들이 다투던 모습이 떠올랐다. 선배는 모두에게 여지를 주는 것처럼 보였으니까, 자업자득일지도 모른다. 하지만 미사키 선배가 영화를 그만뒀다는 말을 들으니 안타깝긴 했다.

“미사키 선배, 괜찮을까?”

“괜찮고말고. **미사키는 지금 축구부에 들어갔어**. 또 엄청나게 인기를 끄는 모양이야.”

놀란 표정으로 모두가 웅성거렸다.

“축구로 인기를?”

“지금 시간이면 축구부 활동 하고 있겠네. 잠깐 보러 갈래?”

“네, 가 봐요!”

우리는 영화부실을 나와 모두 운동장으로 향했다.

축구부는 연습 시합을 하고 있는 듯, 가까이 다가갈수록 땅울림 같은 응원 소리가 들려왔다.

"우오오! 가라, 미사키!"

"미사키, 미사키! 미사키, 미사키, 미사키!"

"멋짐다, 미사키 선배! 멋짐다, 멋짐다!"

우락부락한 남자가 열 명 넘게 모여서 굵은 목소리로 미사키 선배를 응원하고 있었다.

"거짓말!"

"설마 남자들한테까지 인기 있는 거야?"

우리는 어안이 벙벙한 채로 그 모습을 바라보았다.

공을 찬 미사키 선배는 필드 위의 아티스트처럼 매끄럽게 상대팀 사이를 파고들었다. 이윽고 골을 넣은 미사키 선배가 돌아오면서 이쪽을 향해 윙크를 날렸다. 하지만 이제 샤랄라 소리는 들리지 않았다.

새로운 분야에서 활약하는 미사키 선배를 다시 영화 제작에 끌어들일 수는 없었다. 우리는 풀이 죽은 채 해산

하여 각자 집으로 돌아갔다.

유키가 자전거 페달을 밟으며 말했다.

"스포츠까지 잘하다니, 역시 미사키 선배는 굉장하네."

"맞아. 하지만 선배, 어쩐지 외로워 보였어."

"그래?"

나는 유키에게 지금까지 선배가 윙크할 때는 샤랄라 소리가 들렸는데, 오늘은 들리지 않았다는 것을 설명했다.

"그동안 환청 들었던 거 아냐?"

"그런 걸까."

"어라? 모모카! 저 사람, 미사키 선배 아니야?"

이시카와강의 다리를 건너기 시작했을 무렵, 유키가 자전거를 멈춰 세웠다. 유키가 가리킨 쪽을 바라보니 분명 미사키 선배 비슷한 사람이 강기슭에 멍하니 서 있었다.

"가 보자, 유키."

우리는 다리를 건너 강가로 나아갔다. 강기슭으로 내려가기 바로 직전에 광장 같은 공간이 있었다. 열 명 정도의 남자들이 그곳에 서서 미사키 선배를 걱정스럽게 바라보고 있었다.

"저기, 여러분. 뭐 하시는 거예요?"

남자들은 입을 모아 대답했다.

"안녕하심까! 저희는 미사키 형님이 여기에 있으라고 했지 말임다."

"미사키 형님, 잠깐 혼자 있고 싶은 모양임다."

"저희는 미사키 형님을 방해하는 건 싫지 말임다."

이 사람들은 미사키 선배의 친위대 같은 걸까?

나와 유키는 얼굴을 마주 보고는 미사키 선배의 뒷모습을 바라보았다. 수면을 말없이 쳐다보는 선배는 오늘따라 왠지 축 처져 보였다.

"나…… 선배랑 이야기하고 올게."

"응. 다녀와, 모모카."

"누님! 부디 미사키 형님을 잘 부탁드림다."

친위대 같은 사람들이 양쪽으로 갈라져서 내가 지나갈 길을 만들어 주었다.

"가십쇼, 누님."

누님 아니거든, 하고 생각하면서 나는 이들 사이를 지나 강기슭으로 내려갔다. 커다란 자갈이 굴러다녀서 넘어지지 않도록 조심하며 멍하니 수면을 바라보는 미사키 선배 곁에 도착했다.

커다란 돌에 앉아 있는 선배에게 말을 걸었다.

"선배, 이제 금방 어두워질 거예요."

"아…… 모모카구나."

나를 본 미사키 선배가 빙긋 웃었다. 어쩐지 나는 울 것 같은 기분이 들었다. 사실은 알고 있었다. 선배는 여자를 밝히는 게 아니라 누구에게나 지나치게 다정할 뿐이라는 걸. 그 탓에 여자아이들이 서로 싸우게 된다.

"오늘 모모카와 친구들이 축구 보러 와 줬지? 고마워."

"네. 선배가 축구 잘해서 깜짝 놀랐어요."

"하지만 축구는 오늘로 끝이야."

"네? 그래요?"

"응. 나는 스포츠도 공부도 다 잘하지만 왠지 모르게 재미를 못 느끼거든. 다음엔 테니스를 해 볼 생각인데, 또 금방 질릴지도 몰라."

선배가 쓸쓸하게 웃자, 나는 다시 울고 싶어졌다.

"영화만큼은 좋아했어. 그렇게 좋아했는데…… 이제 만들 수 없겠다는 생각이 들더라. 그럼 앞으로 난 뭘 하면 좋을까……."

이렇게 영화에 진지한 선배가 겉모습만으로 여주인공

을 골랐을 리 없다.

나는 마음을 굳게 먹고 선배에게 호소했다.

"저, 선배……. 저는 선배가 '표현'을 좋아하는 게 아닐까, 생각했어요."

"표현?"

"네. 아마 렌이나 소리마치 선배는 '만들기'를 좋아하는 걸 거예요. 하지만 선배는 자신의 몸이나 목소리를 이용해서 연기하는, '표현'을 좋아하는 게 아닐까 하고……."

"표현을 좋아한다라. 생각해 본 적은 없지만, 그러고 보니 연기가 지겨웠던 적은 없었어. 그런가……. 나는 표현을 좋아하는 건가."

미사키 선배의 눈빛이 희미하게나마 밝아진 기분이 들었다.

"분명 그럴 거예요. 그러니까 선배, 저희 영화에서 다시한번 배역을 맡아 주세요."

미사키 선배는 슬픈 눈으로 나를 쳐다봤다.

"하지만 모모카. 내가 있으면 여자아이들이 다 험악해져. 점점 도깨비처럼 무서워져."

"저는 도깨비처럼 되지 않아요!"

'왜냐하면 원래 도깨비니까!' 하고 생각하면서 나는 말을 이었다.

"저뿐만이 아니라 다들 선배를 기다리고 있어요. 선배의 반짝반짝 빛나는 미소를 기다리고 있다고요. 그러니까 같이해요! 이봐요! 다들 이쪽으로 와 봐요!"

내 부름에 친위대 남자들이 강기슭으로 달려왔다.

"저, 다들 반짝반짝 빛나는 미사키 선배의 연기를 보고 싶지?"

"보고 싶습다! 꼭 보고 싶습다, 미사키 형님!"

"저도 보고 싶습다, 미사키 형님!"

"응원하겠습다, 미사키 형님!"

나는 미사키 선배의 어깨를 덥석 잡았다. 지금이야말로 그 말을 할 때라고 생각했다. 그때처럼 렌이 엉망이라 했던 연기가 아니라, 지금 내 마음을 가득 담아서 그 대사를 하자!

"그러니까 부탁해요, 선배!"

완전히 어두워진 강기슭에 정적이 내려앉았다. 그곳에 있는 모두가 숨을 죽이고 미사키 선배의 대답을 기다렸다. 강물이 졸졸 소리를 내며 계속 흘러갔다.

"알겠어, 모모카."

고개를 든 선배가 윙크하자 희미하게 **샤랄라** 소리가 들렸다. 멀리서 유키가 '됐다!' 하고 기쁨의 포즈를 취하는 것이 보였다. 남자들이 **"우오오오오!"** 하고 환호를 지르며, 미사키 선배를 번쩍 들고 헹가래를 치기 시작했다.

14. 순조로운 촬영

"여기, 물이에요."

"고맙습니다. 저…… 당신의 이름을 알려 주실 수 있겠습니까?"

"제 이름은 사쿠라예요. 그보다도 빨리 건강을 되찾으셔야죠."

"컷! 오케이입니다."

렌의 목소리에 이번 신의 촬영이 끝났다. 다섯 번째에서 겨우 오케이가 나왔다. 미사키 선배는 진짜로 천재일 것이다. 선배가 말하면 정말 눈앞에 상처 입은 진이 있는 것만 같았다. 나는 그에 이끌리듯 연기할 수 있었다.

"모모카, 좋았어."

미사키 선배는 때때로 웃음 짓고, 윙크하고 조언해 준
다. 미사키 선배의 참여로 주연이 정해진 것뿐만 아니라,
영화부의 다른 스태프와 연기자 몇몇이 함께하고 싶다고
말해 왔다. 고작 둘이서 시작한 이 영화의 팀원이 지금은
스무 명이 넘었다.

"그럼 다음, 신 10 갑니다. 신 10, 액션!"

"사쿠라…… 당신의 목소리는……. 내가 비록 눈은 보
이지 않지만, 당신이 아름다운 마음을 지닌 사람이라는 것은
알겠습니다."

"아니에요, 진 님. 그보다 오늘 밤은 달이 참 아름답네
요."

"컷! 오케이! 지금 아주 좋았어."

마이크를 든 녹음 담당 유키가 말했다.

"굉장해, 모모카. 정말로 도깨비에 빙의한 것 같아!"

빙의라니. 난 진짜 도깨빈데. 아무튼 그런 걸 떠나서 요

즘에는 '역할에 집중한다'는 감각을 알 것 같았다. 연기하는 게 아니라, 진실을 말하면 된다. 진실이라고 생각할 정도로 사쿠라에 대해 많이 생각하고, 역할을 내게로 끌어오면 된다.

"그럼 다음, 신 12 갑니다. 신 12, 액션!"

"내일이면 이 눈도 뜨게 되니 사쿠라, 드디어 당신의 얼굴을 볼 수 있겠군요."

"네······. 하지만 저는······."

도깨비인데, 라는 말을 나는 조용히 속으로 삼켰다.

"컷! 오케이! 다시 한번 해 볼까."

때때로 나는 어째서일까, 하고 생각했다. 어째서인지 나는 처음 각본을 읽었을 때부터, 이 영화의 대사를 군데군데 기억하고 있는 기분이 들었다.

6월도 중순을 지났고, 촬영은 순조롭게 이어졌다.

"티아라, 어제 분장 아주 좋았어. 오늘도 잘 부탁해."

"알았어, 렌!"

렌이 분장을 칭찬하자 티아라는 방긋방긋 웃는 얼굴로 나를 돌아봤다.

"모모카, 오늘도 엄청 귀엽게 해 줄게! 나한테 고마워하라고."

"잘 부탁해."

실제로 티아라의 화장 실력은 출중해서 화장한 내 모습은 완전히 다른 사람 같았다.

"당분간 도깨비 분장은 보류네."

"응, 그러게. 다음 신은 사쿠라가 마을 사람들에게 둘러싸이는 부분인가……."

도깨비 특수 분장을 하는 신은 일단 끝났고, 인간 모습이 된 사쿠라의 신이 이어졌다. 다음 신은 도깨비라고 의심받은 사쿠라가 마을 사람들에게 에워싸이는 장면이다.

내 얼굴에 아이라인을 쓱쓱 그리면서 티아라가 말했다.

"지금 찍은 신 말이야……. 무슨 장면인지 들었을 때, 내가 예전에 왜 그랬는지 자꾸 후회하는 일이 떠올랐어. 초등학생 때 같이 놀던 곱슬머리 아이가 있었는데, 그 애가 내 첫사랑 아이랑 사이좋게 지내는 게 샘이 났어. 그래서 그 아이한테 '도깨비 주제에' 하고 놀렸거든."

"그랬구나……."

어렴풋이 눈치채고 있었지만, 역시 그 아이는 티아라였던 모양이다.

"그 아이, 분명 상처 입었을 거야. 너무…… 몹쓸 짓을 한 것 같아."

"괜찮아. 분명 그 아이도 잊었을걸."

티아라는 내 눈썹을 그리며 중얼거렸다.

"그럴까? 그러면 좋겠지만……."

"저기, 그래서 그 첫사랑 아이랑은 잘됐어?"

"전혀. 그 아이는 이사 가 버렸어. 최근에 다시 만나기는 했는데, 옛날 일은 전혀 기억하지 못하는 것 같더라."

아무리 눈치 없는 나라도 알 수 있었다. 티아라의 첫사랑이 렌이라는 걸.

"티아라가 너무 예뻐져서 몰라보는 거 아니야?"

"그렇다면 다행이지만……."

티아라가 내 볼에 파운데이션을 톡톡 발라 주었다.

그날, 비가 와서 촬영이 중지되어 나는 영화부실에서 혼자 각본을 다시 읽었다.

요즘 촬영에는 말이 없는 신이 많다. 인간 모습이 된 사쿠라는 목소리를 내면 도깨비의 모습으로 돌아가 버리기 때문에 필담이나 몸짓, 손짓으로 하고 싶은 말을 전한다. 도깨비라는 것을 속인 채 보내는 행복하고 평화로운 나날. 그걸 어떻게 라스트신으로 연결 지을까, 하는 것이 지금 나의 가장 큰 고민거리였다.

라스트신에 있는 진실은 무엇일까. 사랑하는 사람이 늑대가 되어 이성을 잃어버린다. 사랑하는 사람을 지키려면 자신이 도깨비라는 사실을 밝혀야만 한다. 그걸 어떤 마음으로 연기하면 좋을까. 도깨비라는 것을 줄곧 숨겨 온 내가…….

진   그아아!
마을사람   살려줘!
진   으…… 윽, 으아아아!

(사쿠라, 결심하고.)

사쿠라 　　　그만둬, 진! 내 목소리가 들린다면 부탁이
　　　　　　야, 이제 그만해!

(진과 사쿠라, 서로 바라본다.)

진 　　　　그 목소리는…… 당신이었군, 사쿠라.

사쿠라 　　　_____

진 　　　　고마워, 사쿠라.

　라스트신에는 한 줄의 공백이 있다. 앞으로 도깨비 모습으로 변할 사쿠라가 진과 마주하는, 몇 초간의 공백. 이 공백은 자유롭게 연기해 달라는 것이 감독인 렌의 요구였다. 아무 말 하지 않아도 되고, 절규해도 되고, 울어도 된다. 여기까지 만들어 온 사쿠라의 캐릭터를 라스트신까지 밀어붙여 줬으면 좋겠다, 하고 렌은 말했다.

　그 신이 영화의 마지막 촬영이었다. 그리고 촬영일이 다가오고 있다. 라스트신을 어떻게 연기하면 좋을까. 각본을 바라보며 생각하고 있는데, 갑자기 영화부실 문이 열렸다.

　"아직 있었구나, 모모가와라."

"렌, 너야말로 어쩐 일이야? 오늘은 이미 다 돌아갔는데."

"아, 영화제 신청 끝내려고."

렌은 서류들을 가지러 온 모양이었다.

"왜 그래? 각본에서 신경 쓰이는 부분이라도 있어?"

"응. 아무래도 마지막 공백 부분 이미지가 떠오르지 않아서……. 거기서 이상한 연기를 하면 영화가 다 엉망이 돼 버릴 것 같고."

"지금까지 잘 쌓아 왔잖아. 절대 엉망이 되진 않아. 뭐, 그 부분의 완성도에 따라서 정말로 이 영화가 걸작이 될지도 모르지."

"그 말은 결국 내게 부담을 주는 건데."

렌은 가벼운 말투로 말했다.

"그러네. 미안, 미안. 하지만 난 모모가와라를 믿어."

"믿다니, 무슨 근거로 믿는다는 거야?"

렌은 작게 웃으며 말했다.

"난 네가 같이 영화 만들자고 말했을 때부터 믿기로 했어. 난 널 믿어. 마음 편히 연기해도 상관없어. 마지막 공백은 원작에서도 공백이야. 연기하는 사람한테 생각해 보라는 뜻인지⋯⋯."

문득, 원작에 무언가 힌트가 있을지도 모른다는 생각이 들었다.

"원작⋯⋯. 저기, 그 원작 지금 읽을 수 있어?"

"지금 당장은 조금 어려운데. 혹시 지금 시간 괜찮으면 따라와."

자리에서 일어선 렌이 부실을 나가려고 했다.

"어디 가?"

"우리 집."

"뭐?"

나는 아무래도 지금부터 렌의 집에 가게 될 모양이다.

15. 렌의 비밀

렌의 집으로 향하는 도중, 렌 아버지에 대한 이야기를 들었다.

"세간에서는 유명한 영화감독이지만 나한텐 평범한 아버지야. 아버지는 옛날부터 그저 일밖에 모르는 사람이라, 촬영에 들어가면 거의 집에 없어서 사실 어떤 사람인지 나도 잘 몰라. 아버지 방에 있는 영화 DVD를 보고 어떤 분인지 상상하는 정도였지."

담담하게 이야기하는 렌의 옆얼굴이 어쩐지 쓸쓸해 보였다. 아버지가 집에 거의 없었다니, 어떤 마음이었을까. 매일 가사 도우미분이 와 준다고는 하지만…….

부모님이 어릴 적 이혼한 뒤로, 렌은 줄곧 아버지와 둘이서 살았다고 한다. 어린 렌이 홀로 아버지 방에서 영화 보는 광경을 떠올리니 약간 서글퍼졌다.

　"아버지는 지금 집에 계셔?"

　"아니, 지금은 외국에 계셔. 후루사토 영화제 개막식 때 돌아오실 거야."

　"그럼 우리 영화를 보시게 될까?"

　렌은 마치 남의 일처럼 무뚝뚝하게 말했다.

　"응, 그럴지도 모르지."

　"세계적으로 유명한 감독님이 봐 주신다니 굉장하네."

　"유명하든 유명하지 않든, 누구나 똑같아."

　하지만 렌의 입꼬리는 살짝 올라가 있었다. 아버지인 아오쓰키 감독을 좋아하는구나, 하는 생각이 들었다.

　렌은 정말 이 영화를 아버지에게 보여 주고 싶어 하는구나.

　나 역시 마찬가지여서, 우리 영화를 리리카와 아빠와 다이가에게 보여 주고 싶었다. 그리고 이건 이뤄질 수 없는 일이지만, 천국에 있는 엄마한테도 보여 주고 싶다.

　"실은 아버지보다 더 보여 주고 싶은 녀석이 하나 있

어."

"그게 누군데?"

내게 있어서 엄마 같은 사람일까?

"도깨비."

"어? 도깨비? 영화를 보여 주고 싶은 도깨비라니, 누구 말이야?"

입을 떡 벌린 나는 렌을 돌아보았다. 하지만 렌이 곧장 걸어가는 바람에 얼굴을 보지는 못했다.

"시끄럽네. 내 첫사랑이야."

"뭐? 첫사랑이 도깨비라고?"

"그게 어때서. 비록 차였지만……. 전학 가기 전에 고백하려고 곤고지 절로 불러냈는데, 그 애가 안 와서 그걸로 끝이었어."

헉! 서, 설마 내 얘기야?

머릿속에 어린 시절 렌의 모습이 떠올랐다. 처음에는 다정하다고 생각했지만, 심술궂고 끈질기고 귀찮게 굴고……. 그런 렌이 날 좋아했다고? 나는 믿을 수 없는 심정으로 귀가 붉어진 렌의 옆얼굴을 빤히 바라보았다.

"아직도 그 아이를 좋아해?"

"설마! 벌써 몇 년이 지났는데, 그럴 리 없잖아. 나 원참."

퉁명스럽게 말하는 렌의 옆얼굴이 한층 더 붉어졌다. 저녁노을 때문일지도 모르지만, 거의 삶은 문어만큼이나 붉었다.

"진심인가."

충격적이었다. 얼마나 충격적이었느냐 하면, 동요한 나머지 한순간 뿔이 튀어나와서 황급히 집어넣었을 정도로.

16. 세 사람의 약속

유명한 영화감독 아오쓰키 시노부의 집은 얼마나 호화로운 저택일지 궁금했지만, 의외로 평범했다. 현관도 복도도 언뜻 보인 거실도 일반 가정집과 다르지 않았다. 단, 렌이 안내해 준 방은 영상 기기와 자료로 꽉 차서, 그야말로 작업실다운 분위기가 풍겼다.

"여긴 아버지 방인데, 아버지가 없을 때는 내 마음대로 쓰고 있어."

렌은 쌓인 자료 틈에서 '늑대 남자와 도깨비 여자'라고 적힌 노트를 꺼냈다.

"이거야. 여기서 읽어도 되고, 집에 가지고 가도 돼."

노트를 받아 든 나는 어떻게 할지 고민했다. 렌은 컴퓨터를 켜고 영상을 편집하기 위해 프로그램을 실행했다.

"편집은 이미 시작했어. 영화제에 맞추고 싶으니까."

곧장 작업에 들어간 렌은 더 이상 내 쪽에는 눈길도 주지 않았다. 나는 화면에 집중하는 렌의 옆얼굴을 바라봤다. 환상 속 첫사랑 상대가 나라는 것을, 렌은 상상조차 하지 못하는 듯했다.

지금 렌의 머릿속은 영화로 가득하겠지. 렌은 감독이고 나는 여주인공이고……. 우리 관계는 오로지 그것뿐이다. 그 이외의 사실은 이곳에 없다고 혼자 납득하면서, 나는 그 자리에서 노트를 펼쳤다.

라스트신의 '공백'을 어떻게 연기할까. 지금은 그것에만 집중하자.

나는 처음부터 찬찬히 노트의 글자를 눈으로 좇았다. 원작과 각본의 내용은 거의 같았다. 하지만 원작은 소설처럼 적혀 있으니, 하나의 이야기로써 단숨에 읽을 수 있다. 장면마다 생각을 전환할 필요도 없다.

또다시 그립다는 느낌이 들었다. 각본을 처음 읽었을 때도, 역할을 연기할 때도 받았던 느낌이다. 그리고 지금,

그 어느 때보다도 강한 그리움이 느껴졌다. 읽고 있자니 머릿속에서 기억이 빙글빙글 도는 것 같았다. 이윽고 나는 천천히 그리움의 정체를 깨달았다.

나는 이 이야기를, 이 이야기를…….

정신을 차려 보니 눈물을 흘리고 있었다. 손수건을 꺼내 눈가를 닦았지만, 도저히 눈물이 멈추지 않았다.

"왜 그래, 모모가와라? 괜찮아?"

고개를 드니 렌이 놀란 얼굴로 나를 바라보고 있었다.

"응, 괜찮아……. 저기, 렌."

나는 눈물을 닦고 몇 번인가 코를 훌쩍였다.

"이 노트, 오늘 좀 빌려 갈게."

"어어. 그건 괜찮지만 너……."

"괜찮아. 좀 감동해서 그래. 내일 보자."

나는 노트를 들고 렌의 집을 나왔다.

다이가, 리리카, 아빠, 나. 이렇게 넷이 모여서 불단을 향해 합장했다.

"엄마 쪽 보고. 잘 먹겠습니다!"

"잘 먹겠습니다."

도라고로도 같이 야옹 울었다.

시끌벅적 즐거운 저녁 식사가 끝나고, 나와 리리카가 뒷정리를 했다. 그사이에 다이가와 아빠는 목욕을 했다.

밤이 깊어지고 다이가가 잠들 무렵, 아빠의 혼술 시간이 시작됐다. 나는 살며시 1층으로 내려가 아빠 맞은편에 앉았다.

"아빠, 전에 내가 배우가 되는 거 반대했잖아. 그거 지금도 변함없어?"

"음……. 아니, 그렇지 않아. 그건 이제 됐어. 네가 하고 싶으면 하면 돼."

"있잖아, 지금 내가 찍고 있는 영화, 완성되면 아빠한테도 보여 주고 싶어."

"그야 물론이지. 기대하고 있을게."

"영화 제목은 〈늑대 남자와 도깨비 여자〉라고 하는데."

그 말에 아빠가 갑자기 돌처럼 굳어졌다.

"뭐라고?"

"각본과 감독은 아오쓰키 렌."

아빠는 놀란 표정으로 나를 봤다.

"아오쓰키?"

"그리고 이게 원작이야."

내가 테이블 위에 올려놓은 노트를 보고 아빠는 말문이 막힌 듯했다.

"모모카, 이게 대체……."

"아오쓰키 시노부 아저씨가 가지고 있던 노트야. **이거 쓴 사람, 아빠지?**"

"아, 아니……. 어?"

"도라 고로라니, 그야말로 아빠가 붙일 법한 필명인 데다, 애초에 이 글씨도 아빠 글씨잖아."

"……."

"나, 이 이야기 기억하고 있었어. 읽다 보니 그리운 느낌에 눈물이 나더라. 이거, 내가 잠 못 잘 때 엄마가 이불 속에서 들려줬던 거잖아."

"……."

"아빠, 알려 줘. 아빠가 왜 이걸 썼는지."

리모컨에 손을 뻗은 아빠는 삑, 하고 텔레비전 전원을 껐다. 그리고 불단의 엄마 사진을 한동안 바라보더니, 술을 단숨에 꿀꺽꿀꺽 들이켰다. 아빠는 잠시 침묵을 지키다가 이윽고 고개를 끄덕였다.

"그래, 말할게……. 아빠랑 엄마랑 아오쓰키 시노부. 우리 셋은 고등학교 동창이고, 무척 사이가 좋았어."

아빠는 때때로 엄마의 사진을 바라보며 드문드문 말을 이었다.

"셋 다 영화를 좋아했지. 항상 모여서 영화 이야기를 했단다."

젊은 세 사람은 언젠가 자신들의 영화를 만들겠다는 열정으로 가득했다. 아빠가 원작과 각본을 쓰고, 시노부 아저씨가 감독을 맡고, 엄마가 여주인공인 꿈의 영화였다.

"아빠는 그 무렵부터 히토미를 좋아했는데 계속 짝사랑이었어. 고백하고 싶어도, 아빠는 도깨비니까 도저히 말을 꺼낼 수가 없어서……. 그래서 「늑대 남자와 도깨비 여자」가 그런 이야기가 된 건지도 몰라. 자신의 정체를 밝히지 못하는 도깨비의 괴로움을 그리고 싶었거든."

"뭐? 그럼 이 도깨비 여자의 마음이, 아빠 마음이라는 거야?"

아빠는 갑자기 입을 꾹 다물더니 양손으로 얼굴을 감

싸고 작게 중얼거렸다.

"쑥스럽네."

"으악!"

나는 열심히 도깨비 여자의 마음에 몰입하려고 노력했
는데, 그게 설마 아빠의 마음이었다니. 호피 무늬 팬티나
입는 아빠의 마음이라니!

"아빠가 쓴 원작을 시노부가 무척 마음에 들어 했어."

당시 아빠가 다니던 학교에는 영화부 같은 것은 없었

고, 카메라도 비싸서 살 수 없었다. 저화질 영화라면 만들 수 있었을지도 모르지만, 시노부 아저씨는 제대로 된 영화로 만들고 싶었던 모양이다.

아오쓰키 시노부 아저씨는 도쿄의 대학에서 영화를 배우기로 했다. 고향에 남은 엄마, 아빠와 언젠가 이 원작으로 영화를 찍자고 약속한 뒤, 세 사람은 졸업을 맞이했다.

"시노부 녀석은 진심이었어. 언젠가 히토미를 주연으로 영화를 만들고 싶다고 했지. 하지만 히토미가 배우로 데뷔하면…… 그러면 나 따위랑은 만나 주지 않겠구나, 라는 생각에 당시에는 괴로웠어. 그래서 네가 배우가 되고 싶다고 했을 때 무심코 반대한 거야."

"뭐야, 그게!"

"하하. 결국 시노부 녀석은 대학 때 재능을 발휘해서 데뷔작으로 단숨에 천재 반열에 올랐고, 다른 상업 작품을 찍는 사이에 시간이 흘러 버렸지."

"그래서 환상의 원작이 돼 버렸다는 말이구나."

"환상의 원작?"

"응. 시노부 아저씨가, 자기는 이제 절대 찍을 수 없는 작품이라고 렌한테 그랬대."

"그렇구나."

아빠는 술을 마시며 훌쩍훌쩍 울더니, 엄마의 영정 사진을 보며 말을 걸었다.

"저기, 히토미……. 시노부의 아들이랑 모모카가 그 작품을 찍는대. 그치, 거짓말 같지……. 거짓말 같아, 히토미."

시노부 아저씨는 어쩌면 유명해진 이후에도 줄곧 이 작품을 영화로 찍고 싶었을지도 모른다. 하지만 엄마가 죽어 버렸으니, 시노부 아저씨 안에서 「늑대 남자와 도깨비 여자」는 영원히 찍을 수 없는, 환상의 원작이 되고 만 것이다.

나는 엄마의 영정 사진과 손에 든 노트를 번갈아 바라보았다. 잠이 오지 않는 밤이면, 엄마가 이 이야기를 들려주었다. 꿈결 같은 그때의 기억이 머릿속에 되살아났다. 어린 나는 어째서 사쿠라가 자신의 정체를 감추는지 이해할 수 없었다.

있잖아, 엄마. 도깨비라는 게 들통나면 왜 같이 있을 수 없는 거야?

도깨비가 위험하다고 착각하는 사람이 많거든. 인간이란 연약한 생물이라서, 모두 다 똑같아야 안심을 해. 그래서 인간과 다른 도깨비를 따돌리고 싶어 하는 거야.

싫어, 싫어어, 그런 거.

괜찮아, 모모카. 엄마는 인간이지만 도깨비인 아빠를 좋아하게 됐는걸.

왜? 왜 엄마는 아빠가 도깨비인데도 좋아한 거야?

왜일 것 같아?

몰라. 착해서?

그것도 있지.

힘이 세서?

그것도 있지만, 가장 큰 이유는 멋있어서 아닐까.

아빠가 멋있다고? 그럴 리 없어.

정말로 멋있었다니까. 엄마한테 고백할 때 벽에 손을 탁 짚는데, 그땐 참 짜릿했지. 아빠가 다정하고 강하고 멋진 도깨비라서 좋아하게 된 거야. '도깨비인데'가 아니라, 그런 '도깨비니까' 좋아하게 된 거야.

흐음, 그렇구나.

왠지 모르게 쑥스러워, 헤헤 하고 웃었다. 엄마는 작은 뿔이 돋아난 내 머리를 부드럽게 쓰다듬어 주었다.

모모카도 스스로에게 자신감을 가져. 밝고 명랑한 아이가 되렴.

그렇게 말하면서 엄마는 내가 잠들 때까지 줄곧 머리를 어루만져 주었다.

17. 크랭크업

7월의 어느 토요일 저녁, 스태프와 배우 전원이 다키하타댐에 모였다.

"여러분 덕분에 드디어 이날까지 올 수 있었습니다! 우선 감사하다는 말씀을 드리고 싶습니다!"

렌이 큰 소리로 말하고 고개를 숙이자, 미사키 선배와 소리마치 선배가 소리쳤다.

"아직 끝나지 않았어, 렌. 마지막 중요한 신까지 방심하면 안 돼."

"그래, 아오쓰키. 편집 작업도 남았으니까 말이야."

"네, 그렇죠. 하지만 일단 오늘이 마지막 촬영일이에요.

다들 끝까지, 사고 없이 부탁드립니다. 이 앞은 길이 험하니까 조심해서 따라오세요!"

모두 입을 모아 대답했다.

"네!"

여기까지는 자전거로 올 수 있었지만, 이제부터는 기자재를 짊어지고 산길을 걸어야 한다.

렌을 선두로 팀원들은 산 안쪽으로 들어갔다.

나는 무거워 보이는 케이스를 양팔로 끌어안고, 비틀거리는 티아라에게서 케이스 하나를 받아 들었다. 그 밖에도 힘겨워하는 스태프를 발견하면 짐을 빼앗아 들었다.

"이리 줘! 들 수 있어."

"아니야, 모모카는 여주인공이잖아."

"괜찮아, 난 괴력의 소유자니까."

나는 몇 개나 되는 기자재를 껴안고 성큼성큼 걸었다. 더 이상 괴력을 감출 기분이 아니었다. 우리는 단결된 한 팀이니까.

산 안쪽의 탁 트인 공간에 도착하자, 각자 자리를 잡고 짐을 풀었다. 소리마치 선배는 카메라 조도를 확인하고, 티아라는 미사키 선배의 특수 분장을 시작하고, 유키는 카메라 앞에서 음성을 점검했다.

마을 사람 역할의 배우들까지 준비를 끝마친 뒤, 우리는 해가 지기를 기다렸다. 나는 다시 한번 각본을 읽으며 라스트신을 위해 마음의 준비를 했다. 아빠가 쓴 원작도 눈으로 훑었다. 이윽고 해가 저물자, 마지막 촬영이 시작됐다. 드디어 영화가 라스트신까지 온 것이다.

"갑니다. 신 48, 레디…… 액션!"

이번 신은 늑대 괴물로 변한 진의 괴로워 보이는 표정으로 시작한다. 진이 이성을 잃고 마을 사람들을 습격하지만 사쿠라는 그를 막을 도리가 없다. 진이 마을 사람을 죽이려던 순간, 사쿠라는 끝내 처음으로 진 앞에서 목소리를 낸다.

"그만둬, 진! 내 목소리가 들린다면, 부탁이야. 이제 그만해!"

그리고 진은 천천히 제정신을 되찾는다.

"그 목소리는…… 당신이었군, 사쿠라."

나는 진을 바라보며 자리에 멈춰 선다. 이제 도깨비로 되돌아가 버린다는 슬픔과 진이 자신을 떠나고 말 것이라는 불안에 흔들리며, 사쿠라는 시선을 떨어뜨린다. 아무 말도 할 수 없다.

셋, 둘, 하나……. 마음속으로 숫자를 세고, 고개를 들었다.

미사키 선배가 연기하는 진이 중얼거렸다.

"고마워, 사쿠라."

이를 마지막으로 그 신이 끝났다.

"컷! 오케이!"

한순간 정적이 흐른 뒤, 지켜보던 스태프 사이에서 박수갈채가 쏟아졌다. 이로써 모든 촬영이 끝났다. 이다음에 이어질 도깨비 모습이 된 사쿠라와 인간 모습이 된 진이 손을 잡고 걷는 신은 이미 촬영해 두었다.

"지금 찍은 걸로 오케이지만, 일단 다시 한번 찍어 두겠습니다. 괜찮죠?"

"네."

잘 찍은 것 같아도 나중에 확인해 보면 쓸데없는 것이 같이 찍힌 경우도 있다. 그래서 엔지가 없더라도 대부분의 신은 두 번 이상 찍는다.

"갑니다. 레디…… 액션!"

우리는 다시 한번 같은 신을 찍었다. 몇 번이나 혼자서 연습했던 그 신을, 나는 후회가 남지 않도록 열심히 연기했다.

감독인 렌이 말했다.

"네, 오케이입니다! 여러분, 수고하셨습니다!"

이제 정말로 〈늑대 남자와 도깨비 여자〉의 촬영이 전부 끝났다. 렌은 지금 신이 좋았다고도 나빴다고도 말하지 않았다. 내게 이 신을 전부 맡긴 것이다. 잘 해낸 걸까. 아빠가 쓴 이 이야기를 정말로 내가 잘 연기한 걸까.

나는 목소리를 높였다.

"미안, 렌! 저기 한 번만…… 다시 한 번만 찍게 해 줘!"

나를 빤히 바라보던 렌이 천천히 고개를 끄덕였다.

"그래, 알겠어. 해 보자. 여러분, 죄송해요! 한 번만 더 부탁드립니다."

배우와 스태프들이 흔쾌히 말했다.

"어어, 신경 쓰지 마."

"몇 번이든 괜찮아!"

유키가 다정하게 외쳤다.

"모모카, 힘내!"

미사키 선배는 항상 그랬던 것처럼 용기를 북돋워 주었다.

"모모카, 마음 편하게 먹어."

렌은 언제나처럼 나를 믿어 주었다.

"모모가와라, 마지막은 너에게 맡길게."

나의 진실을 찍고 싶다고 말했던 소리마치 선배의 진지한 목소리가 들린다.

"카메라, 준비 완료!"

연기를 잘하려고 하지 않아도 돼, 하고 생각했다. 나는 오롯이 나로서 카메라 앞에 섰다. 진실은 지금 나와 함께 있다고 믿고…….

나는 줄곧 도깨비라는 사실을 숨겨 왔다. 도깨비라는 사실이 들통나면 모두에게 미움받을 거라고 생각했다. 하지만 그렇게 계속 속이기만 하는 나야말로 친구들을 전혀 믿지 않았던 것은 아닐까.

나는 친구들을, 렌을 믿을 거야. 내가 먼저 믿지 않으면 아무도 나를 믿어 주지 않을 테니까.

렌의 목소리가 산속에 울려 퍼졌다.

"그럼 마지막으로 한 번 더 갑니다! 신 48, 레디…… 액션!"

카메라가 돌자, 미사키 선배가 괴성을 질렀다. 마을 사람들을 뒤쫓는 진을, 나는 상처투성이가 되면서 쫓아간다. 진은 마을 사람 중 하나에게 주먹을 날렸다.

"그아아!"

남아 있는 일말의 양심과 싸우면서, 늑대 남자는 또다시 절규한다.

"으, 으윽, 으아아아!"

나는 엎드린 채로 목소리를 쥐어짰다.

"그만둬, 진! 이제 그만해! 내 목소리가 들린다면 부탁이야, 이제 그만해!"

깨닫고 보니, 이미 나는 울고 있었다.

몸을 부르르 떤 진이 무릎부터 꺾이며 쓰러졌다. 모습은 아직 늑대 남자인 채로 신음을 내고 있지만, 눈에서는 괴로운 빛이 사라져 간다. 아무 말 하지 않아도 되고 그냥

울기만 해도 된다. 하지만 그 공백 부분에서, 나는 입을 열었다.

"나, 계속 숨겨 왔어! 진짜 내가 싫어서…… 말하면 미움받을 것 같아서, 그게 두려워서 말을 못 했어……."

힘껏 외치는 나는 대체 누구일까.

"진, 난 당신을 사랑해!"

눈물과 콧물로 범벅이 된 채로 나는 말을 이었다.

"나는, 나는…… 사실 도깨비야!"

대사를 마치자 머릿속이 새하얗게 물들어 갔다. 어느새

뿔 두 개가 튀어나와 있었다. 비틀거리며 쓰러지는 나를, 기어 온 진이 감싸듯이 끌어안았다. 뿔 따위 이제 어찌 되든 상관없었다. 나를 끌어안은 미사키 선배가 소리쳤다.

"사쿠라, 사랑해. 당신이 도깨비라도……. 아니, 당신이 도깨비니까…… 당신이 좋아. 계속 함께 있자, 사쿠라!"

소리의 여운이 조금씩 사라져 갔다. 오쿠카와치의 밤이 우리를 부드럽게 감싸 안았다. 정적이 흐르는 가운데, 렌의 목소리가 늠름하게 울려 퍼졌다.

"컷! 오케이입니다. 고마워. 지금 촬영으로 크랭크업입니다."

이제 정말…… 모든 것이 끝났다. 다시 하라고 해도 못 한다는 것은 나 자신이 가장 잘 알고 있다. 나는 모든 것을 쏟아 냈고, 천재인 미사키 선배가 그걸 받아 주었다. 이윽고 어디선지 박수가 일었다. 각자의 자리에 떨어져 있던 모두가 나와 미사키 선배 쪽으로 걸어왔다. 박수는 끊임없이 이어졌다.

유키가 울며 말했다.

"굉장해……. 굉장했어, 모모카."

티아라조차 눈물을 흘리면서 외쳤다

"모모카, 좋았어!"

소리마치 선배가 안경을 치켜올리며 눈물을 훔치고는 말했다.

"오니가와라, 최고였어."

미사키 선배는 상큼하게 미소 짓고 가볍게 칭찬했다.

"고마워, 모모카. 최고의 연기였어."

렌이 오른손을 내밀었다.

"모모카."

나와 렌은 굳게 악수를 나눴다. 다른 스태프와 배우들이 우리 두 사람을 에워쌌다. 모두가 나와 렌을 향해 수고했다고 한마디씩 해 주어서 나는 울고 말았다.

"다들 고마워! 나 사실은 도깨비인데, 지금껏 말할 기회가 없어서……."

조금 전 촬영으로 도깨비라는 사실을 들키고 말았지만, 후회는 없다. 도깨비라는 걸 들킬까 봐 전전긍긍하던 나날과도, 지금 여기서 이별이다.

"도깨비여도 상관없잖아!"

"맞아! 도깨비 최고지."

"우린 동료니까! 다들 모모카를 좋아하고."

"고마워! 나도 모두 정말 좋아!"

여기 있는 전원이 웃으면서 동시에 울고 있는 것 같았다. 우리는 서로 악수를 나누고 끌어안고 등을 두드렸다.

영화를 찍으면서 이렇게 일체감이 생기다니. 전 세계 사람들이 영화를 찍으면 좋을 텐데.

"얘들아, 곧 비가 내릴 것 같아. 기자재가 비에 젖으면 안 되니까 빨리 돌아가자!"

"알겠어!"

잔치 뒤풀이처럼 들뜬 분위기로, 우리는 기자재를 정리해 산길을 내려갔다. 이윽고 포장도로가 나오자 모두 각자 자전거에 올라탔다.

"다들 마지막까지 방심하지 말고! 학교에 도착할 때까지가 촬영이야!"

"오케이!"

우리는 저마다 자전거 페달을 밟기 시작했다. 가슴이 벅차 크게 외쳤다.

"나 비록 도깨비지만, 모두와 친해져서 다행이야!"

유키가 아하하, 하고 웃으며 대꾸했다.

"모모카도 참. 언제까지 역할에 빠져 있을 셈이야?"

"그래, 오니가와라. 동아리 활동은 계속 이어질 거야. 또 다음 영화를 찍을 거니까. 도깨비는 이제 끝이라고."

"모모카, 다음에는 호랑이 여자를 해 보면 어때? 호랑이 소녀."

어라? 어라라라?

"호랑이보다 뱀이 좋겠다. 뱀 소녀."

"아니, 그보다 좀비물을 찍어 보자."

이거 설마…… 내가 도깨비라는 걸 들키지 않은 건가.

"난 더 청춘스러운 영화를 찍고 싶어! 가슴이 두근거리는 걸로!"

뭐, 어느 쪽이든 상관없나, 하고 생각하면서 나도 다음 영화 이야기에 끼어들었다.

에필로그

아직 내가 도깨비라는 사실을 들키지 않은 것 같다. 라스트신을 찍을 때 감정이 북받쳐서 뿔이 튀어나오고 말았는데, 미사키 선배가 날 끌어안는 바람에 다른 아이들에게는 보이지 않았고, 카메라에도 찍히지 않은 모양이었다. 가장 가까이 있던 미사키 선배와 렌도, 아마 눈치채지 못한 것 같다.

영화는 그 뒤로 렌과 소리마치 선배가 편집을 하고, 유키 친구들이 음악을 넣으면서 점차 완성되어 갔다.

영상 속의 나는 내가 봐도 내가 아니었다. 감동적인 영상에 내가 출연했다는 사실도 잊은 채 울고 말았다. 부원들과 학교에서 시사회를 했을 때는 한동안 모두의 박수가 그치지 않았다.

"모모가와라, 영화제 출품이 정해졌어!"

"정말? 해냈다!"

후루사토 영화제에 출품한 〈늑대 남자와 도깨비 여자〉
는 심사위원들에게 높은 평가를 얻어, 고등학생의 작품으
로서는 처음으로 커다란 홀에서 상영하게 되었다.

그 뒤로 우리는 꿈같은 시간을 보냈다.

8월 말, 영화제 당일에는 프로 배우들과 영화감독들이
가와치나가노에 왔다. 저녁 무렵이 되자 불꽃이 쏘아 올
려지는 가운데, 렌과 미사키 선배는 턱시도를 입고, 나는
드레스를 입고 레드 카펫을 걸었다. 커다란 홀에서 열린
상영회에는 여러 사람이 와 주었다. 멀리서 영화제를 즐
기러 온 손님들, 학교 선생님과 학생들, 배우와 스태프의
가족과 친구, 이웃사촌까지. 물론 아빠와 리리카, 다이가
도 왔다.

영화는 매우 호평받았고 끝난 뒤에는 관객들이 기립
박수를 보내 주었다. 나는 눈물을 머금고 그 광경을 지켜
보았다.

"영화란 정말 좋은 거구나. 다들 즐겁게 봐서 무척 기뻤

어.”

렌은 그답지 않게 순순히 맞장구를 쳤다.

“맞아, 정말 그래.”

우리 둘은 팸플릿을 한 아름 안고 언덕길을 내려갔다. 영화제에서 나눠 줄 팸플릿이 모자라, 잽싸게 학교에 와서 챙긴 뒤 이벤트장으로 돌아가는 중이었다.

“그러고 보니 렌, 아오쓰키 감독님이랑 이야기는 나눠 봤어?”

“좀 전에 잠깐. 이 영화를 볼 수 있어서 다행이래.”

“흠, 그것뿐이야?”

“응. 아버지는 원래 칭찬 같은 거 하는 성격이 아니야. 그 신의 컷이 어떻다든가, 기술적인 이야기를 잘난 척 늘어놓더라.”

둘이 함께 내려가는 언덕길에서 하나둘 불을 밝힌 가와치나가노의 마을 풍경이 한눈에 들어왔다. 좋다는 생각이 들었다.

난 내가 태어난 이 마을이, 정말 좋아.

렌은 웃음을 꾹 눌러 참듯이 말했다.

“그런데 말이야. 나중에 아버지의 친구라는 분이 슬쩍

귀띔해 주셨어.”

“친구?”

“오니가와라 다이테쓰 아저씨.”

오니가와라 다이테쓰라면…… 우, 우리 아빠?

“다이테쓰 아저씨 말로는 우리 아버지, 영화 보면서 오열했대.”

“진짜?”

아빠가 오열하는 모습은 쉽게 상상이 되지만, 세계적인 거장 아오쓰키 감독님도 울 정도로 감동했다니…….

“다이테쓰 아저씨는 히토미 아주머니의 영정 사진을 끌어안고 영화를 보셨대.”

“그 사람, 우리 엄마야.”

“그런 것 같더라.”

나와 렌은 한동안 입을 다물었다.

“렌……. 또 영화 같이 만들자.”

“그래.”

이제 조금만 있으면 꿈만 같던 후루사토 영화제도 끝이 난다. 약간 서글퍼져서 멀리 있는 밤하늘을 보고 있자니 두웅 소리가 들리며 파파파파파팡, 하고 커다란 불꽃이 터졌다.

"다이테쓰 아저씨랑 이야기하면서 깨달은 게 있어."

"뭘를?"

"그 사람 뭐랄까……. **도깨비 같더라.**"

"어…… 어?"

무심코 목소리가 뒤집어졌다.

아빠가 도깨비라는 걸 들켰어! 그렇다는 건 나도 들킨 건가? 내가 렌의 첫사랑인 도깨비라는 것도?

두려운 건지 기쁜 건지, 잘 알 수 없는 기분이 마음에 가득 찼다. 우리 둘, 지금처럼 지낼 수 없게 되는 걸까.

"미안, 계속 말을 못……."

자백하려는 나를 가로막듯 렌이 말했다.

"도깨비야, 엄청난 도깨비! 다이테쓰 아저씨는 영화의 도깨비야!"

"뭐?"

영화의 도깨비? 피유우우, 두웅, 하고 불꽃놀이 소리가 들려왔다. 렌은 신나는 얼굴로, 마치 소리마치 선배처럼 줄줄 이야기를 늘어놓기 시작했다.

"다이테쓰 아저씨, 역시 그런 훌륭한 원작을 쓴 사람답

더라. 창작의 기술을 가르쳐 주셨어. 영웅의 여정이라는 이론이 있는데, 영웅은 여행하면서 성장한다는 거야. 성장은 세계 최대의 엔터테인먼트이자……."

뭐야, 들킨 게 아니었구나. 그보다 우리 아빠한테 푹 빠졌네, 렌. 어? 내가 왜 실망하는 거지?

피유우우, 두웅, 하는 소리가 또다시 들렸다. 점점 열변을 토하는 렌의 뒤로, 불꽃이 밤하늘에 아름다운 원을 그렸다. 나는 렌의 옆얼굴을 바라보면서 여우 눈 주제에 의외로 부드럽게 웃는구나, 하고 생각했다.

작가의 말

여러분, 안녕하세요! 소설가 나카무라 고입니다.

『도깨비 소녀는 오늘부터 영화배우!』를 읽어 주셔서 고맙습니다.

갑작스럽지만 팀이란 참 멋지죠. 소설도 마찬가지입니다. 제 일은 소설 쓰는 것인데, 저 혼자만의 힘으로는 이렇게 여러분이 읽어 주실 수 없었을 것입니다.

책의 내용을 상담해 주고, 함께 취재해 준 편집자님. 여러분이 읽기 쉽도록 페이지를 디자인해 준 분. 틀린 문장이 없는지 정성껏 확인해 준 분. 책 표지의 그림과 삽화를 그려 준 분. 사진을 찍어 준 분. 책의 띠지 문구를 써 준 분.

그리고 책을 인쇄해 준 분과 완성된 책을 판매해 주는 분들까지…….

한 권의 책을 완성하고 여러분께 전달하기 위해서는 수많은 팀원이 필요하답니다.

이 『도깨비 소녀는 오늘부터 영화배우!』에는 그러한 동료들의 소중함, '팀워크'의 훌륭함 같은 것을 잔뜩 넣었습니다.

주인공 오니가와라 모모카는 긴장하거나 가슴이 두근거리면 뿔이 튀어나오는 도깨비 소녀입니다. 고등학교에 입학한 뒤로 개성적인 친구들과 차례차례 만나게 됩니다.

영화배우라는 꿈을 찾은 모모카는 감독인 렌, 배우인 미사키 선배, 카메라맨 소리마치 선배, 분장 담당 티아라, 친구인 유키와 팀을 꾸려서 '영화 제작'에 돌입합니다. 악전고투 끝에 마침내 도깨비라는 콤플렉스를 벗어던진 모모카는 멋진 드레스를 입고 레드 카펫을 걷게 됩니다.

소설에 나오는 오니스미, 가미가오카, 다키하타댐, 이시카와강, 간신지 절, 곤고지 절, 간사이 사이클 스포츠센터 등의 지명과 건물은 실제로 가와치나가노시에 있는 것들입니다. 이 소설을 쓰기 위해 현지를 방문해 취재했는데, 무척 멋진 곳이더군요.

'오쿠카와치 후루사토 영화제' 역시 가와치나가노시에서 열리는 실제 영화제가 모델입니다. 이 이벤트를 기획하는 위원회와 영화 학교의 많은 분 또한 그야말로 '팀워크'를 한껏 발휘하며 지역을 활성화하기 위해 노력하고 계십니다.

평소에는 각기 다른 개성을 지닌 사람들이지만, 하나의 꿈을 위해 똘똘 뭉쳐 달려가는 재미와 아름다움 같은 것을 이 소설을 통해 느껴 주신다면 좋겠습니다.

그리고 읽어 주신 여러분이 "푸후훗" 하고 웃거나 가슴 찡한 감동을 느끼거나 "모모카의 마음을 알 것 같아" 하고 공감하거나, 친구들과 다 같이 "간장공장공장장!"이라든가 "으갸악!" 같은 말을 외쳐 본다면 더할 나위 없이 기쁘겠습니다!

나카무라 고

도깨비 소녀는 오늘부터 영화배우!

초판 1쇄 인쇄일 2022년 9월 22일
초판 1쇄 발행일 2022년 10월 7일

지은이   나카무라 고
그린이   사카키 아야미
옮긴이   김지영
펴낸이   강병철
편집   박혜진 정사라 최웅기
디자인   박현민 연태경
마케팅   최금순 오세미 공태희
제작   홍동근

펴낸곳   이지북
출판등록   1997년 11월 15일 제105-09-06199호
주소   (04047) 서울시 마포구 양화로6길 49
전화   편집부 (02)324-2347, 경영지원부 (02)325-6047
팩스   편집부 (02)324-2348, 경영지원부 (02)2648-1311
이메일   ezbook@jamobook.com

ISBN 978-89-5707-259-2 (43830)